WENN EIN LÖWE SCHNURRT

Lion's Pride, Band 1

EVE LANGLAIS

Copyright © Januar 2015, Eve Langlais

Cover Art von Yocla Designs © Mai 2016

Übersetzt ins Deutsche von Dominik Weselak

Produziert in Kanada

Herausgegeben von Eve Langlais

http://www.EveLanglais.com

Amazon Print ISBN: 9781710207453

E-ISBN: 978 1988 328 867

Ingram ISBN: 978 177 384 142 7

Wenn ein Löwe Schnurrt ist ein fiktives Werk und die Charaktere und Dialoge in der Geschichte entstammen der Fantasie des Autors und sind frei erfunden. Jede Ähnlichkeit mit wahren Begebenheiten oder Personen, lebendig oder tot, ist rein zufällig.

Kein Teil dieses Buches darf ohne die schriftliche Erlaubnis des Autors in irgendeiner Form reproduziert oder weitergegeben werden, weder auf elektronische noch maschinelle Weise. Dies schließt ein, aber ist nicht beschränkt auf, digitale Kopien, File Sharing, Tonaufnahmen, E-Mail und Druck.

Kapitel 1

„Was wollen Sie damit sagen, dass Dominic nicht hier ist?" Arik erhob nicht wirklich seine Stimme und dennoch hörten ihn alle Anwesenden in dem Friseurladen und bemerkten seinen Unmut. Köpfe duckten sich, Hände beschäftigten sich mit Schnippeln und Stylen und niemand wagte es, ihm in die Augen zu blicken.

Wenn es Gestaltwandler gewesen wären, hätte er gesagt, dass es daran lag, dass sie seinen Status als Alpha erkannten: Verneigt euch vor dem König des Asphaltdschungels. Aber es waren nur gewöhnliche Menschen, Leute, die sich leicht von einem Mann in einem teuren Anzug und mit autoritärer Haltung einschüchtern ließen.

Bis auf eine Person.

„Großvater ist im Westen."

Die Antwort der Frau ließ ihn herumwirbeln und er atmete scharf ein, wobei er mehr als nur die Gerüche des Friseurladens aufnahm. Er nahm auch ihr verführerisches Aroma auf – was einen Hunger in ihm weckte, der nichts mit Essen zu tun hatte.

Riecht köstlich. Für einen Menschen.

Mit nur knapp über einem Meter sechzig reichte ihm die Frau kaum bis zum Kinn. Sie ließ sich jedoch nicht von seiner Größe abschrecken. Ihr Kopf neigte sich nach hinten und ihr Kinn erhob sich fast trotzig, als sie seinen starren Blick erwiderte. Braune Augen umringt von dunklen Wimpern wandten sich nicht von seinen bernsteinfarbenen ab.

Da hat aber jemand Schneid. Aber er hatte keine Zeit zu ergründen, wie weit ihr Mut reichte. Es gab wichtigere Dinge, die seiner Aufmerksamkeit bedurften. So wie seine arme, zerzauste Mähne.

„Was meinen Sie damit, dass er im Westen ist? Ich habe einen Termin." Man sagte Termine mit ihm nicht ab. Noch ließ man ihn warten. Die Vorteile davon, ganz oben zu sein.

„Meine Tante Cecily hat ihr Baby zu früh bekommen. Er hat sich freigenommen, um seinen neuen Enkel zu besuchen."

Eine angemessene Ausrede, aber trotzdem … „Aber was ist mit meinen Haaren?" Das kam vielleicht etwas wehleidiger heraus, als er gewollt hatte. Doch wer könnte ihm das verübeln? Es ging um seine wertvolle üppige Mähne, die regelmäßig geschnitten werden musste, damit die Enden nicht struppig wurden oder, noch schlimmer, Spliss bekamen.

Eitelkeit, eine seiner Charakterschwächen, zusammen mit Arroganz und der Abneigung, sich zu fügen.

„Keine Sorge, großer Mann. Ich übernehme Großvaters Termine, solange er weg ist."

„Sie?" Ein Mädchen sollte ihm die Haare schneiden? Er konnte sich ein Lachen nicht verkneifen, da die Idee einfach zu lächerlich war, um sie überhaupt in Erwägung zu ziehen.

„Es tut mir leid. Ich weiß nicht, was so lustig ist."

„Sie können nicht ernsthaft erwarten, dass ich meine Mähne einer Frau anvertraue?" Sexismus, gang und gäbe in Ariks Welt, die Schuld der Frauen in seinem Rudel, die ihn aufgezogen hatten. Sie hatten ihn nicht verweichlicht. Sie glaubten nicht daran, ihn mit Puppen spielen zu lassen, oder daran, dass er anderen gegenüber nachgeben sollte. Seine Mutter und seine Tanten, ganz zu schweigen von seinen vielen Cousinen, hatten ihn gelehrt, hart zu sein. Sie erlaubten keine Schwäche in seiner Welt, nicht, wo sie ihn doch zum zukünftigen Anführer ihres Rudels erzogen.

Er war ganz Mann, immer schon, und verdammt, ein Mann ging nicht zu einer Friseurin. Selbst wenn sie süß war.

„Wie Sie wollen. Ich habe genügend Männer, um die ich mich kümmern muss –"

Knurrte seine Katze?

„– auch ohne so einen Wichtigtuer."

„Wichtigtuer?" Auch wenn sie ihn in die richtige Schublade gesteckt hatte, verhinderte das seinen finsteren empörten Blick nicht.

Einen finsteren Blick, den sie einfach ignorierte. Sie verschränkte die Arme vor der Brust, was ihr Dekolletee nach oben drückte – ohh, schöne, schattige Spalte. Seine neugierige Art zog seine Augen zu einem mysteriösen und verlockenden V, bis sie sich räusperte.

„Meine Augen sind hier oben, großer Mann."

Erwischt. Gut, dass er eine Katze war. Seine Art kannte keine Scham, noch entschuldigte sie sich. Er warf ihr sein charmantestes, jungenhaftes Grinsen zu. „Mein Name ist Arik. Arik Castiglione."

Sie reagierte nicht auf sein Lächeln oder seinen Titel, also führte er aus. „Der CEO von Castiglione Enterprises."

Er streckte seine Lippen so weit, dass sich sein tödliches Grübchen zeigte.

Und schaffte es trotzdem nicht, sie zu beeindrucken.

Sie zog eine Augenbraue hoch. „Soll mir das etwas sagen?"

Sicherlich scherzte sie. In seinem Kopf kauerte sich sein armer Löwe zu einem traumatisierten Haufen zusammen und legte seine Pfoten über seine Augen.

„Wir sind der weltgrößte Importeur für Fleisch."

Ihre Schultern hoben sich zu einem Achselzucken. „Ich schaue nicht auf die Marke, um zu sehen, woher mein Fleisch ist. Ich esse es einfach."

„Was ist mit unserer Restaurantkette? Lion's Pride Steakhouses."

„Von denen habe ich gehört. Soll ganz gut sein, aber überteuert. Bei LongHorn bekomme ich mehr fürs Geld. Und laut meinen Freundinnen sind die Kellner dort auch süßer."

Zum ersten Mal fehlten Arik die Worte. Sein Löwe andererseits? Seine Mähne war definitiv zerzaust – und kratzig.

Arik hatte seinen Haarschnitt bereits zwei Wochen länger als normal aufgeschoben, da er auf Geschäftsreise in Übersee gewesen war. Es war an der Zeit, zu seiner obersten Priorität zurückzukehren. „Wie lange ist Dominic noch weg?"

„Eine Woche, vielleicht zwei. Ich sagte ihm, er solle sich Zeit lassen. Großvater nimmt sich nicht oft frei und er war schon jahrelang nicht mehr bei ihr."

Ein paar Wochen? Bis dahin würde er wie ein Gnu aussehen. „Das ist nicht gut. Ich brauche einen Haarschnitt. Sind irgendwelche männlichen Friseure frei?"

„Haben Sie Angst, ein Mädchen ihre kostbaren Haare

berühren zu lassen?" Sie grinste verschmitzt. „Ich kann den Terminplan checken und sehen, ob wir Sie heute Nachmittag dazwischen schieben können."

„Da habe ich keine Zeit Ich brauche sofort einen Haarschnitt.

Normalerweise überschlugen sich die Leute, um seinen Forderungen nachzukommen, wenn er das Wort *sofort* benutzte. Sie hingegen schüttelte den Kopf.

„Das wird nicht passieren, außer Sie haben ihre Meinung geändert und sind bereit, sich von mir die Haare schneiden zu lassen."

„Sie sind eine Friseurin."

„Genau."

„Ich will einen Friseur."

„Das ist dasselbe."

Sagte das Mädchen ohne Y-Chromosom. „Ich denke, ich werde warten.

Arik drehte sich von ihr weg, nur um zu erstarren, als sie murmelte: „Pussy."

Wenn sie nur wüsste, wie recht sie hatte. Doch natürlich meinte sie nicht Katzenversion.

Sein Stolz ließ ihn es sich anders überlegen. „Wissen Sie was. Wenn ich es mir genau überlege, dürfen Sie mir die Haare schneiden."

„Wie großzügig von Euch, Eure Hoheit." Sie verbeugte sich spöttisch vor ihm.

Nicht lustig, wenn auch korrekt. Er blickte sie zur Antwort finster an.

„Anscheinend ist hier jemand zu verklemmt, um Spaß zu verstehen."

„Ich habe nichts gegen Spaß, wenn ich etwas Lustiges höre."

„Sorry, wenn meine Art Sarkasmus zu schlicht für Sie

ist, großer Mann. Also, wenn Sie jetzt fertig sind, setzen Sie sich, damit wir das hinter uns bringen und sie und ihr kostbares Haar wieder zurück in ihr Büro schicken können."

Eine Frau, die ihm Befehle erteilte? Nicht ungewöhnlich, wenn ein Mann umringt von ihnen lebte. Aber dass er tatsächlich gehorchte, das war neu – und in diesem Fall unvermeidbar.

Mit königlich erhobenem Haupt setzte sich Arik auf den ihm angebotenen Stuhl. Sein Hinterkopf zeigte zu der Frau, doch er konnte sie noch immer im Spiegel sehen und sie an ihrem Geruch ausmachen. Kokosnusslotion, Weichspüler und der Duft von Weiblichkeit. Ganz Frau.

Meine Frau. Will ich kosten.

Sein Löwe knurrte hungrig. Seltsam, denn Arik hatte ein herzhaftes Frühstück gehabt und seinen Beta Hayder sogar im Kampf um die letzten beiden Stücke Bacon besiegt.

Die Friseurin legte ihm einen Stoffumhang zum Schutz vor den abgeschnippelten kratzenden Härchen um den Oberkörper. Bis hierher genau wie immer, außer dass Dominics Gegenwart Ariks Körper nie so begierig gemacht hatte. Bei der leichten Berührung ihrer Finger an seinem Nacken, als sie den Klettverschluss um seinem Hals schloss, stellten sich alle Haare seines Körpers auf. Und seine Haare waren nicht das Einzige, was stramm stand.

Bevor er sich über seine Reaktion wundern konnte, zog sie ihre Hand weg und beschäftigte sich mit ihrem Werkzeug. Rasiermesser, Scheren, Bürste und Kamm. Aber nichts davon war in dem männlichen Schwarz, das ein Friseur benutzte. Ihre Arbeitsgeräte hatten Zebrastreifen – in rosa und schwarz.

Wie demütigend. Er wollte fast etwas sagen, doch er biss sich auf die Zunge, weil er sehen konnte, wie sie ihn im

Spiegel beobachtete und auf eine Reaktion wartete. Als ob er ihr die Genugtuung geben würde. Diese Katze hielt seine Zunge im Zaum – fürs Erste.

Die Friseurin fuhr mit ihren Fingern durch seine langen Strähnen, hob sie an und studierte die verschiedenen Schichten, die Dominic normalerweise schnitt. Anders als viele Geschäftsmänner, zog Arik es vor, seine goldene Mähne länger zu tragen. Komisch, wie viele seiner Geliebten ihm gesagt hatten, dass es ihm eine löwenartige Erscheinung gab – wenn sie nur die Wahrheit wüssten.

„Wie viel nehmen wir ab?"

So wenig wie möglich, da er ihr immer noch nicht traute. „Etwa anderthalb Zentimeter oder so. Einfach nur die Spitzen kürzen." Das sollte ihm über die Runden helfen, bis Dominic wieder da war.

„Sind Sie sicher?" Sie blickte seinen Schopf stirnrunzelnd an, als sie die langen Strähnen hochhielt. „Sie sehen aus, als könnte Sie mindestens fünf Zentimeter weniger vertagen, wenn nicht sogar mehr."

Woher wusste sie das? Ariks Mähne hatte für gewöhnlich eine zivilisierte Länge, die lediglich bis zum Rand seines Kragens reichte.

„Ich bin mir sicher."

„Sie wissen aber, dass ein Mann ihres Alters einen etwas erwachseneren Schnitt haben sollte. Dieser zerzauste Surfer-Look ist eher etwas für jüngere Kerle."

Er grub seine Finger in die Armlehne und verkniff sich ein Knurren. „Ich mag mein Haar so."

„Wie Sie wollen. Ich wollte nur erwähnen, dass Sie mit einem kürzeren Haarschnitt besser aussehen würden."

Seine kostbare Mähne abrasieren? Nie! „Diskutieren Sie immer mit ihren Kunden?"

Ihre Augen trafen seine im Spiegel und er war nicht

überrascht zu sehen, dass ein Lächeln in ihren Mundwinkeln lauerte. „Nur wenn sie sich irren."

Das entlockte ihm ein überraschtes bellendes Gelächter. Trotz seines Ärgers über die Situation und ihre forsche Art, mochte er Dominics Enkelin, wenn auch gegen seinen Willen. „Nun gut. Sie dürfen es ein wenig kürzer als anderthalb Zentimeter schneiden. Aber nicht viel kürzer. Ich will am Ende nicht mit einer Glatze dastehen."

„Für einen Mann Ihres Alters und in Ihrer Position sind sie viel zu sehr von ihren Haaren besessen", murmelte sie, als sie einen Teil seiner Mähne mit Haarnadeln fixierte. Nicht gerade ein sehr männlicher Look.

Arik sah sich akribisch nach Leuten mit Kameras oder Handys um. Wenn jemand es wagte, ein Foto zu schießen, würde er seine wilde Seite zum Vorschein kommen lassen.

Okay, er würde sie nicht in der Öffentlichkeit zum Vorschein kommen lassen, aber er würde definitiv Rache üben. CEOs von milliardenschweren Unternehmen hatten ein Image, das es zu bewahren galt, und rosa Haarnadeln, die sein Haar in den unmöglichsten Winkeln abstehen ließen, gehörten nicht wirklich dazu.

„Wie kommt es, dass ich Sie noch nie zuvor gesehen habe?" Dominic hatte über die Jahre viele seiner Kinder und Enkelkinder in seinen Friseurladen mitgebracht.

Ihre Aufmerksamkeit auf die Schere in ihrer Hand gerichtet, antwortete sie. „Ich bin nicht oft zu Besuch. Ich lebe im mittleren Westen bei meiner Mom und meinem Dad. Ich habe dort in einem Friseursalon gearbeitet bis der geschlossen wurde und Großvater hat mir hier einen Job angeboten."

„Sie haben also einfach ihre Sachen gepackt und sind umgezogen?"

„Warum nicht?" Sie ließ eine Schicht Haare los und die Schere schnitt weiter. Goldene Stückchen flatterten zu Boden und Arik versuchte, sich nicht zu verkrampfen. Es war genauso viel Haar, wie wenn Dominic es schnitt. Sie schien ihr Handwerk zu beherrschen, wenn es ums Schneiden ging, aber aus irgendeinem Grund konnte er seine Unruhe nicht ablegen.

„Frauen sollten in der Nähe der Familie blieben." Seine weiblichen Familienmitglieder taten das, trotz seiner Bemühungen, sie in anderen Stämmen und Städten unterzubringen. Verdammt, er hatte sogar versucht, einige seiner Cousinen mit Eigentumswohnungen auf anderen Kontinenten zu bestechen. Aber die Löwinnen seines Rudels waren hier zufrieden. Ein Zeichen, dass er ein guter Anführer war, aber ärgerlich, da es bedeutete, dass sie ihre Schnurrhaare ständig in seine Geschäfte steckten.

Und sie alle liebten es auch, die Kupplerin zu spielen.

„Wann schenkst du uns endlich Nachwuchs?" Kein Tag verging, ohne dass er dies hörte.

„Ich habe eine Freundin, die du kennenlernen musst." Spaß für eine Nacht, bis zum nächsten Tag, wenn die betreffende Cousine ihn unter Druck setzte, eine Bindung einzugehen.

Die Friseurin reagierte auf seine Aussage über den Platz von Frauen mit einem Schnauben. „Gehen Sie mit der Zeit, großer Mann. Unser Platz ist nicht mehr in der Küche und wir sind auch nicht mehr auf arrangierte Ehen angewiesen. Wir dürfen sogar wählen. Mädchen von heute ziehen oft von zuhause weg und haben Jobs. Oder zumindest dieses Mädchen hier."

Er kam nicht umhin zusammenzuzucken, als sie entschlossen in seine Mähne schnitt. Bis jetzt sah alles gut aus. Doch er hätte schwören können, dass in seinem Hinterkopf eine ominöse Musik summte und eine gewisse Furcht schürte, die er nie laut zugeben würde.

Angst vor dieser Frau und ihrer Schere? Nie. Und sein Löwe unterstrich dies mit einem sehr maskulinen *rawr*.

Trotzdem, sie hatte ihn beschuldigt, ein Chauvinist zu sein. Er erklärte sich. „Ich wollte nicht frauenverachtend klingen. Ich sagte nur, dass Frauen es oft als angenehm empfinden, Familie um sich zu haben.

„Ich habe hier Familie."

„Touché." Und ohne zu wissen, was ihn dazu bewegte, fragte er: „Was ist mit Ihrem Freund? Ich bin sicher, er war nicht erfreut über Ihre abrupte Abreise."

Sie hielt inne und starrte ihn im Spiegel an. „Ist das Ihre nicht so subtile Art zu fragen, ob ich Single bin?"

„War ich subtil? Lassen Sie mich das neu formulieren. Haben Sie einen Liebhaber?" Er würde ihn zu einem Duell herausfordern, falls sie einen hatte, und –

Moment. Er würde niemanden zu einem Duell herausfordern, besonders nicht den menschlichen Freund einer Friseurin, die er gerade erst kennengelernt hatte.

Gerade erst kennengelernt hatte – und doch wollte.

Die Erkenntnis ließ ihn die Stirn runzeln. Zeit, sich wieder auf Partnersuche zu machen, wenn ein dralles und vorlautes menschliches Mädchen es schaffte, ihn irrational werden zu lassen. Es half auch nicht, dass sein Löwe ihn drängte, sich an ihr zu reiben und sie mit seinem Duft zu markieren – um die anderen Männchen fernzuhalten.

Das würde nicht passieren. Irgendeine Frau zu markieren, würde zwangsläufig zu Komplikationen führen. Arik würde sich nicht zur Ruhe setzen oder sich binden. Er war in seiner Blütezeit. Hatte ein Mädchen nach dem anderen.

Flirtete mit einer Friseurin, bei der sich ihm die Haare

aufstellten – und die seine erotischen Sinne lebendig werden ließ.

Die Dinge, die ich mit ihr machen könnte. An ihrer cremigen Haut knabbern ... an dieser verführerischen Unterlippe kauen, die straff wurde, als sie ihn stirnrunzelnd anblickte und sagte: „Erstens denke ich nicht, dass mein Liebesleben Sie etwas angeht."

Schnipp. „Zweitens. Selbst wenn ich Single wäre, würde ich mit Ihnen nicht ausgehen. Schnipp. Schnipp.

„Warum nicht?" Er hätte erstaunt blinzeln können, als die Frage aus seinem Mund kam. Aber ein neugieriges Kätzchen musste es einfach wissen. Frauen sagten einfach nicht nein. Es war nicht arrogant von ihm, das zu behaupten, wenn es die Tatsache war.

Ablehnung war nichts, was ihm normalerweise begegnete. Bis jetzt.

„Müssen Sie mich wirklich fragen, warum ich nicht mit Ihnen ausgehen werde?" Sie klang ungläubig. „Soll ich es alphabetisch aufzählen?"

Eigentlich ja. „Lassen Sie es mich hören."

Nicht einmal eine Pause. „Arschloch. Bonze. Chauvinist. Depp. Egoist. Muss ich noch weitermachen?"

Ein Kichern rollte über seine Lippen – erneut. Was hatte diese Frau, das ihm so gefiel? Sie konnte nicht aufhören, mit ihm zu streiten und ihm zu trotzen und doch kam er nicht umhin, sie amüsant zu finden. Sie reizte ihn ungemein, besonders als er versuchte zu erraten, was sie als nächstes sagen würde. Wie erfrischend es war, einer Frau zu begegnen, die nicht mit ihm verwandt war oder von ihm beeindruckt, die es wagte, ihn als Mann zu behandeln.

Einen, den sie als unter ihrem Niveau ansah.

„Ich denke, Ihre Liste muss überarbeitet werden." Er ging dazu über, seinen Charakter zu verteidigen.

„Oh, wirklich? Und wie genau sehen Sie sich selbst? Ich bin sicher, das wird interessant."

„Lassen Sie mich überlegen. Attraktiv, beherzt, couragiert, draufgängerisch, elegant, freigiebig, besonders als Liebhaber", räumte er mit einem Zwinkern ein. „Gallant."

Mir einem spöttischen Schnauben unterbrach sie ihn. „Ha. Das bezweifle ich sehr."

„Und doch kennen Sie mich nicht wirklich. Meine Freundinnen würden Ihnen sagen, dass ich ein Gentleman bin." Wenn es darum ging, Türen aufzuhalten und die Rechnung zu bezahlen. Abgesehen davon war nichts Sanftes an ihm. Dazu musste man nur diejenigen fragen, die ihn hintergingen.

Könige ließen nie jemanden ihre Autorität in Frage stellen.

„Ich würde jedoch nichts von dieser angeblichen Galanterie wissen, da ich nicht Ihre Freundin bin."

„Das könnten Sie aber sein." Er gab ihr eine weitere Chance. Sie zog ihn wirklich an mit ihrer runden Figur, die von einer ausgeblichenen Jeans und einem weiten Sweatshirt umschmeichelt wurde, das verführerisch von einer Schulter hing und einen schwarzen Träger entblößte.

Spitze oder Baumwolle? Eine Katze wollte das wissen.

Aber anscheinend würde er das heute nicht herausfinden, da sie es – erneut – schaffte, ihm zu widerstehen.

„Mit Ihnen ausgehen? Unwahrscheinlich."

Wieder kamen Worte aus ihm heraus, ohne das er das beabsichtigt hatte. „Warum nicht?"

„Oh bitte. Ich habe genug gesehen, um zu wissen, dass Sie nicht mein Typ sind."

Was für eine Lügnerin. Offenbar war er nicht der einzige, der von ihrem Schlagabtausch erregt wurde. Der moschusartige Geruch ihrer Erregung kitzelte seine Sinne.

Er machte ihn kühner. „Ich garantiere Ihnen, wenn ich zwischen ihren Schenkeln bin und sie sich in meinen Rücken krallen, werden sie ein ganz anderes Liedchen singen."

Also, er könnte mit dieser letzten Aussage vielleicht etwas zu forsch gewesen sein. Das war jedoch keine Entschuldigung für das, was als nächstes passierte.

„Schwein." Doch das Schimpfwort war bei weitem nicht das schlimmste Verbrechen, das sie beging. Es war das riesige Büschel Haare, das sie ihm abschnitt!

Ein unersetzbares, dichtes Stück seiner Haare, das permanent entfernt worden war. Zufällig oder absichtlich, das war egal.

Ah! Meine Mähne. Meine schöne kostbare Mähne.

Er konnte ein leises rumorendes Knurren nicht unterrücken. Seine Augen glitzerten im Spiegel, wobei das Gold in ihnen das Licht auffing und es reflektierte, zusammen mit seiner Wut.

„Das. Hast. Du. Nicht. Gerade. Getan." Und ja, vielleicht hatte er das letzte Wort etwas geknurrt.

„Uuups? War ich das? Sorry." Sagte sie ohne die geringste Reue. Mit einem verschmitzten Grinsen und einem Luftkuss, ließ sie ihr Verbrechen in einem goldenen Regen auf ihn herabrieseln.

Und dann lief sie auf und davon.

Kapitel 2

„Das. Hast. Du. Nicht. Gerade. Getan." Der Kunde, der ihr gerade ein unverfrorenes sexuelles Angebot gemacht hatte, klang mehr nach einem Tier als nach einem Mann. Seine offensichtliche Wut und seine Fassungslosigkeit ließen sie das Büschel Haare betrachten, das sie ihm gerade abgeschnitten hatte.

Oh verdammt. Das habe ich nicht gerade gemacht. Doch, das hatte sie. Sie hatte das gepflegte Haar des Kerls abgeschnitten.

Es ist seine eigene Schuld. Aus dem Konzept gebracht gab sie ihren rasenden Hormonen die Schuld, die nicht aufgehört hatten, Saltos in ihrem Bauch zu schlagen, seitdem sie ihn das erste Mal erblickt hatte.

Er war hereingekommen und sie war sich seiner Anziehung sofort bewusst gewesen. Er sprach und ihre Nervenenden prickelten.

Aber er brachte sie auch auf die Palme. Sie sollte ihn hassen. Doch stattdessen wurde ihr Höschen feucht, da sie sich sein Angebot so lebhaft vorstellen konnte.

Kratzender, verschwitzter, heißer Sex.

Mit einem Kerl, der sie ärgerte und stichelte, bis sie ausrastete – und zurückschlug.

Mich wie ein Sexobjekt zu behandeln.

Später würde sie ihren Händen die Schuld geben, da sie kurzfristig einen eigenen Willen entwickelten und schnippelten.

Zumindest dieses Mal war es nicht ihr Mundwerk, das sie in Schwierigkeiten brachte. Doch das bedeutete nicht, dass sie hierbleiben und sich den Konsequenzen stellen würde. Nicht, wenn dieser große Kerl aussah, als würde er sie gleich umbringen.

Auf ihren Selbsterhaltungstrieb hörend, der „Lauf, du Idiotin!" schrie, ließ Kira ihre Schere fallen und stürmte davon.

Sie raste aus der Eingangstür des Friseurladens und bemerkte kaum die offenen Münder der anderen Kunden oder die ihres Onkels und ihres Cousins, die dort arbeiteten.

Der Straßenlärm erwies sich als chaotisch – Motoren brummten, Bremsen quietschten, Stimmen unterhielten sich, die Stadt sprudelte vor Leben –, doch trotz allem hörte sie immer noch das Geräusch, als die Tür gegen die Wand schlug, und das warnende Scheppern der Klingel.

Noch besorgniserregender war ein gebelltes „Komm sofort zurück, Weib!"

Der Schelm in ihr, der offenbar Todessehnsucht hatte, zeigte ihm den Mittelfinger.

War das ein Brüllen? Die Leute um sie herum reagierten nicht und doch hätte sie schwören können, dass sie in diesem Geräusch das Echo eines Löwen hörte.

Es spornte sie an, schneller zu laufen. Nur knapp schaffte sie es, die Straße zu überqueren, bevor ein träger Bus, gefolgt von etlichen Autos, vorbeifuhr.

Sie nutzte dieses Hindernis, um ihre Flucht in eine Seitengasse zu verdecken. Geradeaus, dann durch eine offene Hintertür in eine Küche, die sie gut kannte. Tante Theonas Pizzaladen.

Es roch so verdammt gut. Die Hefe des frischen Teiges gemischt mit dem verführerischen Aroma von frisch gebacken Brötchen. Wenn sie nicht so in Eile gewesen wäre, hätte sie für einen kleinen Happen angehalten.

Aber ihr Selbsterhaltungstrieb ließ sie in Bewegung bleiben. Sie sprang über einen Eimer mit Seifenwasser, bog um eine Ecke des Küchentresens und rannte an den heißen Backöfen vorbei.

„Kira! Was ist los?", bellte ihre Tante, die gerade Teig knetete.

„Keine Zeit zum Reden. Ich laufe vor einem wütenden Kunden davon", rief sie, als sie durch die schwingende Küchentür stürmte, sich durch die weißen Tische schlängelte und den Laden durch die Vordertür verließ. Das Gedränge auf der Straße half nicht nur als effektive *Wo ist Kira?*-Tarnung, sondern bedeutete auch zu viele Zeugen, falls Mr. Großkotz sie töten würde.

Kira sauste an den Leuten vorbei, wobei sie sich an die dichtesten Menschenmengen hielt, bis sie den Fischladen erreichte, der ihrem Onkel Vince gehörte. Sie huschte hinein und winkte ihrem hinter dem Tresen stehenden Onkel zu. Dann eilte sie direkt zum Lagerraum im hinteren Teil des Gebäudes. Dort nahm sie die Treppe, die zu dem Apartment führte, das Onkel Vince ihr vermietete hatte, als sie vor ein paar Wochen hierher gekommen war.

Das perfekte Versteck.

Ein Teil von ihr kam nicht umhin, ihre eigene Feigheit zu verspotten, weil sie vor einem zornigen Geschäftsmann geflohen war. Aber sie hatte mehr Angst davor, dass sie, wenn sie bleiben würde ... was eigentlich? Dass er sie übers Knie legen und ihr den Hintern versohlen würde?

Hmm. Das hätte interessant werden können, besonders wenn diese sexy Bestrafung zu mehr geführt hätte.

Falsch.

So falsch.

Wie konnte sie sich nur solche erotischen Gedanken über den arrogantesten Arsch machen, den sie je hatte kennenlernen müssen?

Wahrscheinlich, weil er unglaublich gutaussehend war.

Trotz der Tatsache, dass seine Persönlichkeit viel zu wünschen übrig ließ, konnte sie anscheinend seiner Anziehung nicht widerstehen. Das Arschlochsyndrom.

Woran lag es nur, dass sie immer die falschen Kerle begehrte?

War die Sache mit ihrem letzten Freund ihr keine Lehre gewesen? Er war schließlich der Grund, warum sie hierher gezogen war. Um ihm zu entkommen.

Wann werde ich es endlich lernen?

Mit einem Seufzen ließ sie sich auf ihre geliehene Couch fallen, deren nicht zusammenpassende Kissen sie an ihr verkorkstes Leben erinnerten. Das Telefon klingelte.

Ein Blick auf die Nummer und sie verzog das Gesicht. Der Friseurladen. Wahrscheinlich ihr Onkel, der anrief, um sie zu fragen, was zum Teufel los war. Kira wusste nicht, was sie ihm sagen sollte, also ging sie nicht ran.

Sie wusste, dass ihr Onkel sie nicht feuern würde, besonders nicht, wenn sie ihm sagte, was der große Kerl – *Arik*, ein Name passend für einen Wikinger in einem Liebesroman – zu ihr gesagt hatte. Verdammt, ihre Cousins würden wahrscheinlich einen Lynch-Mob auf die Beine stellen, um ihn zur Rede zu stellen. In ihrer Familie gab es jede Menge junge Männer, die es gewohnt waren, ihre wenigen Cousinen zu beschützen. Schade, dass keiner von ihnen in der Nähe ihres alten Zuhauses im mittleren Westen lebte. Sie hätte sie brauchen können, als sie ihre Probleme gehabt hatte.

Aber Arik hatte noch nichts getan, das die Aufmerksamkeit ihrer Cousins verdiente, und Kira hatte sich bereits um den aufgeblasenen Geschäftsmann gekümmert. Nein, sie konnte ihnen nicht sagen, was geschehen war, aber sie musste mit jemandem reden, um ihrer Verärgerung Luft zu machen. Und sie wusste genau, wen sie anrufen würde.

Sie drückte den ersten Eintrag in ihrer Kurzwahl-Liste. Als das Telefon klingelte, drehte sie eine Haarsträhne um ihren Finger.

„Kira, Baby, wieso rufst du um so eine Uhrzeit an? Solltest du nicht arbeiten?", meldete sich ihre Mutter mit besorgter Stimme. Wer konnte es ihr verübeln, wenn man an die Geschehnisse der letzten Wochen dachte?

„Habe ich. Aber etwas ist passiert." Als sie ihrer Mutter die Geschehnisse erzählte, eine Menge Worte, die mit „was für eine Frechheit von dem Mann" endeten, erwartete sie Mitleid.

Stattdessen bekam sie ... Gelächter? „Oh Gott, er klingt faszinierend."

„Faszinierend? Du hast doch den Teil gehört, wo er mich sexuell belästigt hat, nicht wahr? Oder was ist mit der Tatsache, dass er noch wie ein Höhlenmensch denkt? Ich meine, komm schon, Mom. Er hat behauptet, dass ich nicht gut genug war, um ihm die Haare zu schneiden, weil ich ein Mädchen bin."

„Oh bitte. Als wäre das etwas Neues. Wir wissen beide, dass viele Männer so denken. Sieh dir deine Cousins an. Und was ist mit dir? Ich kenne eine gewisse junge Dame, die darauf besteht, dass ihr nur eine bestimmte Tante die Haare schneidet und färbt."

Kira rutschte herum. „Das ist etwas anderes. Tante Fiona ist eine wahre Meisterin in Sachen Highlights."

„Wer ist jetzt sexistisch?"

„Du weißt, dass ich dich angerufen habe, weil du auf meiner Seite sein solltest."

„Das bin ich. Weshalb ich auf das Offensichtliche hinweise. Du magst diesen Kerl nicht, weil er bestimmt auftritt."

„Arrogant."

„Was auch immer. Aber wir beide wissen, dass du jemand Willensstarken brauchst, oder dir wird langweilig."

„Ich würde sagen, langweilig ist nicht so schlecht. Besonders nicht seit Gregory."

Ahh. Sie hatte es laut gesagt. Er-dessen-Name-nicht-genannt-werden-sollte. Ein Schauer lief ihr den Rücken hinunter – als würde ihr Ex über das Grab laufen, das er für sie auserkoren hatte – und sie widerstand dem Drang, die Vorhänge zuzuziehen und das Schloss an der Wohnungstür zu überprüfen.

Ihre Mutter machte ein Geräusch. „Grr. Rede mit mir nicht über diesen Mann. Er hat uns alle verarscht, Baby. Aber das bedeutet nicht, dass alle Männer so sind wie er. Es gibt da draußen auch gute Kerle. Sieh dir nur deinen Vater und seine Brüder an. Und sogar deine Cousins. Sie würden eine Frau nie verletzen oder sie respektlos behandeln."

Nein, das würden sie nicht, aber da sie oft geschlagen und bedroht worden war und ihr Haarstudio unter mysteriösen Umständen abgebrannt war, scheute die gebrannte Kira das Feuer. Sie war wütend und verängstigt, hauptsächlich, weil sie fürchtete, dass die Gewalttätigkeit ihres Exfreundes auf die übergehen könnte, die sie liebte. „Nun, das ist jetzt egal. Selbst wenn der große Mann nur flirtete und auf ein Date aus war, bin ich mir ziemlich sicher, dass er es sich jetzt anders überlegt hat, nachdem ich ihm sein wertvolles Haar abgeschnitten habe."

Nachdem sie noch einige Neuigkeiten mit ihrer Mutter ausgetauscht hatte, legte Kira auf und seufzte. Noch nicht einmal eine Woche hier und schon in Schwierigkeiten. Wegen eines Mannes.

Kann es noch schlimmer werden?

Kapitel 3

Es hätte nicht schlimmer sein können. Arik fehlte nicht nur ein großes Büschel seiner kostbaren Mähne, nein, er hatte auch ihre Spur verloren.

Ihm, einem Meisterjäger, war ein Mensch entkommen.

Sein Löwe ließ seinen Kopf vor Schande hängen.

Als er zurück zum Friseurladen – mit der rot-weiß gestreiften Stange, vor der er jedes Mal anhalten wollte, damit seine katzenhafte Seite damit spielen konnte – stapfte, dachte er daran, dass er von den Angestellten verlangen sollte, dass sie die Adresse dieser Friseurin herausrückten.

Er könnte ihre Kollegen wahrscheinlich so weit einschüchtern, dass sie nachgaben. Es bedurfte nicht viel, Menschen zum Reden zu bringen, besonders wenn er seine Stimme benutzte und sie anstarrte. Doch auch, wenn er auf diese Weise mit Leichtigkeit ihren Aufenthaltsort herausfinden könnte, würde er dadurch das Überraschungsmoment verlieren, da sie sie wahrscheinlich warnen würden.

Er zog einen Angriff aus dem Hinterhalt vor.

Seine Schritte führten ihn am Eingang des Friseurladen

vorbei und er ging stattdessen zu dem Parkplatz, auf dem sein Auto stand.

Er tat besser so, als würde er sich nicht rächen wollen. Es würde ihm nicht helfen, wenn er die Leute verärgerte, weil er an Informationen über sie gelangen wollte, da sie so erfahren würde, dass sie ihm an die Nieren ging, weil sie es geschafft hatte, sein Fell zu zerzausen.

Inakzeptabel.

Nichts brachte Arik aus der Fassung. Er war als unerschütterlich bekannt.

Und er war auch gerissen. Es gab noch andere Wege, eine sich versteckende Maus zu jagen. Natürlich musste er, bevor er sie mit elektronischen Methoden aufspüren konnte, erst den Spießrutenlauf in seinem Büro überstehen.

Würde es jemand wagen, etwas zu sagen, wenn er in seinem teuren dreiteiligen Armani-Anzug und einer Baseballkappe, die er bei einem Straßenhändler gekauft hatte, hereinkam? Er, der nie irgendeine Art von Kopfbedeckung trug.

Neugierige Blicke folgten ihm, doch nicht ein Kichern war zu hören. Niemand hatte die Eier dazu.

Außer Hayder, sein Stellvertreter – der Klugscheißer –, der ihm in sein Büro folgte.

„Alter, was soll die Kappe? Wann bist du denn zum Baseballfan geworden?"

„Darüber möchte ich lieber nicht sprechen", sagte Arik zähneknirschend, als seine Finger auf die Tastatur hämmerten, um sich in Facebook einzuloggen und nach Dominic zu suchen. Falls der Mann einen Account hatte, wäre er sicher mit seinen Familienmitgliedern verbunden, inklusive der temperamentvollen Frau, die er finden musste.

Fressen musste.

Nein. Wütend oder nicht, man fraß seinen Feind nicht.

Das war unzivilisiert. Und ja, er verstand seinen Löwen absichtlich falsch. Er wollte nicht einmal daran denken, an welche Art *Fressen* seine andere Seite dachte.

Ein Räuspern. „Erde an Arik. Komm schon, Boss."

Mit hochgezogenen Augenbrauen blickte Arik seinen Beta finster an. „Was?"

„Ich habe dich gefragt, was deine Boxershorts hat eingehen lassen."

„Du weißt genau, dass ich nichts drunter trage."

„Normalerweise, aber aus irgendeinem Grund scheint dein Höschen zu zwicken. Spuck es aus."

Okay, er spuckte es aus. Arik riss seine Kappe herunter, warf sie gegen die Wand und drehte sich dann in seinem Stuhl, um es hinter sich zu bringen.

Erst ein erschrockenes Keuchen. Dann ein Kichern. Und dann schallendes Gelächter.

Arik drehte sich wieder zurück und warf seinem Stellvertreter einen Blick zu, der töten könnte. „Ich weiß nicht, was an meiner verpfuschten Mähne lustig sein soll."

„Alter. Hast du es gesehen? Es ist übel. Was hast du gemacht, um Dominic so sauer zu machen? Eine seiner Töchter verführt?"

„Eigentlich hat mir das eine seiner Enkelinnen angetan!" Er konnte sich den ungläubigen Tonfall nicht verkneifen. Ihre Unverschämtheit machte ihm immer noch zu schaffen.

Ein dumpfer Schlag hallte durch den Raum, als Hayder gegen die Wand fiel, während seine Schultern vor Gelächter bebten. „Ein Mädchen hat dir das angetan?" Sein Beta krümmte sich vor Schadenfreude und ließ sich keineswegs von Ariks finsteren Blicken und dem Tippen seiner Finger einschüchtern.

„Das ist nicht lustig."

„Ach komm schon, Alter. Von allen, die heute einen *Bad-Hair-Day* haben, hast du den schlimmsten."

„Ich sehe aus wie ein Idiot."

„Nur weil du sie den Rest nicht hast abschneiden lassen."

Seine Finger erstarrten, als er seinen Blick einen Augenblick vom Bildschirm abwandte, um etwas auf diesen Hohn zu sagen. „Meine Mähne abschneiden?" Hatte sein Beta Wahnvorstellungen?

„Nun, ja. Um es gleichmäßiger zu machen, damit es nicht auffällt."

Ein Knurren kam aus ihm heraus, mehr Tier als Mann. Sein Löwe hatte genug vom Haareschneiden.

„Okay, wenn dir das nicht gefällt, wie wäre es dann mit einem Haarteil? Vielleicht könnten wir dir platinblondes besorgen, oder ein pinkfarbenes als Kontrast, da du ja so eine zickige Prinzessin bist."

Das reichte. Ein Löwe konnte nur ein gewisses Maß an Hohn ertragen. Arik sprang über seinen Schreibtisch und warf seinen Beta um. Mit einem dumpfen Schlag und ineinander verschlungenen Gliedmaßen gingen sie zu Boden.

Während er Hayders Kopf gegen den Boden schlug und auf dessen „Wir können dir noch die Nägel machen, während das Haarteil eingesetzt wird" mit einem geknurrten „Nimm das zurück!" antwortete, kam Leo herein.

Als Berg von einem Mann musste er sich nicht einmal anstrengen, als er sie beide jeweils an einer Schulter packte und sie auseinander zog. Doch damit hörte er nicht auf. Er schlug ihre Köpfe zusammen und drückte sie zu Boden.

Arik und Hayder saßen auf dem Teppichboden und blickten vereint den Omega, der auch als der Friedensstifter bekannt war, finster an. Natürlich war Leos Version von Friede nicht immer sanft, weshalb er für das Rudel perfekt war.

Der Koloss mit der sanften Lebenseinstellung setzte sich auf einen Stuhl, der unheilvoll knarzte. „Ihr wisst schon, dass die Angestellten euch noch zwei Stockwerke tiefer hören können, wenn ihr euch wie zwei ungezogene Löwenbabys benehmt."

„Er hat angefangen!" Arik zeigte mit dem Finger auf seinen Beta. Er hatte keine Probleme damit, die Schuld jemand anderem zuzuweisen. Delegieren war etwas, das ein Alpha gut konnte.

Hayder stritt die Schuld nicht einmal ab. „Habe ich. Aber kann man es mir verübeln? Er hat gejammert und um seine wertvolle Mähne getrauert. Ich habe ihm nur eine Lösung vorgeschlagen und er hat sich angegriffen gefühlt."

„Ich nehme an, wir sprechen von dem fehlenden Haarbüschel auf dem Kopf unseres geschätzten Anführers?" Leo schüttelte seinen sauber getrimmten Schopf. „Ich sage dir immer wieder, dass Eitelkeit deine Schwäche ist."

„Und deine ist Schokoeis. Wir haben alle unsere Laster", knurrte Arik, als er sich vom Boden hievte und auf seinen lederbezogenen Schreibtischstuhl – mit eingebautem Heiz- und Massagekissen, da ein Mann in seiner Position Luxus liebte – setzte.

„Mein Laster sind schöne Frauen", verkündete Hayder mit einem Grinsen und nahm eine entspannte Pose auf dem Boden ein. Katzen waren Experten, wenn es darum ging, so zu tun, als wäre eine peinliche Position überhaupt nicht zufällig.

„Sprich nicht über Frauen. Ich bin gerade sauer auf die, die das getan hat."

„Ich denke, mir fehlt hier ein wichtiger Anhaltspunkt", sagte Leo.

Es dauerte nicht lange, um Leo auf den neuesten Stand zu bringen. Man musste ihm hoch anrechnen, dass er nicht lachte – jedenfalls nicht lange. „Was willst du jetzt tun?", fragte Leo mit einem tiefen Grunzen.

„Tun?" Gute Frage. Arik konnte die Friseurin nicht schlagen. Sie war schließlich eine Frau. Er konnte sie nicht fressen – das würde ihr zu sehr gefallen – und er bezweifelte, dass er sie dazu bringen würde, ihn zu fressen – selbst wenn er es sehr genießen würde. Aber apropos Fressen, er könnte sie dazu bringen, sich an ihren eigenen Worten zu verschlucken ... Wäre das nicht eine perfekte Rache?

„Oh-oh. Seinem Lächeln nach zu urteilen, ist ihm gerade eine teuflische Idee eingefallen", verkündete Hayder. „Ich bin dabei, wenn du Hilfe brauchst."

In der Tat hatte Arik den perfekten Plan für seine Rache ersonnen. In diesem Katz-und-Maus-Spiel würde er jetzt ausgleichen.

Kapitel 4

"Guten Morgen, Maus."

Die rauen Worte direkt über ihr ließen sie fast in die Hose machen. Kira ließ den Schlüssel im Schloss des Friseurladens stecken und wirbelte so schnell herum, dass ihr Kaffeebecher überschwappte. Heiße Flüssigkeit ergoss sich über ihre Hand und sie schrie auf.

„Autsch!" Sie nutzte die Verbrennung als Vorwand, um sich auf ihre Hand anstatt auf den unerwarteten Besucher zu konzentrieren. Einen sehr großen Besucher, der offensichtlich auf der Lauer gelegen war.

Nicht gut. Besonders, da die Bürgersteige zu dieser frühen Morgenstunde noch ziemlich leer waren.

Maskuline Finger nahmen ihr den Becher aus der Hand und warfen ihn in einen Mülleimer. Bevor sie reagieren konnte, wurde ihr verletztes Körperteil hochgehoben und er presste seine Lippen auf ihre verbrannte Haut.

Eine Berührung, bei der ihre Hand nicht das einzige war, das sich erhitzte.

Oh mein Gott. Sie wollte der Angst die Schuld geben,

dass ihr Herz schneller schlug und ihre Gliedmaßen leicht zitterten, aber sie war erwachsen und erfahren genug, um die Anziehung zu spüren.

„Was machen Sie da?"

„Ihre Hand gesund küssen." Nur dass er nicht bei einem einfachen Kuss Halt machte.

Kira warf Arik einen erschrockenen Blick zu, als er mit der Zungenspitze über ihre vom Kaffee verbrannte Haut leckte. Eine Berührung, die kratzender war als erwartet. Schön. Zu Schön. Sie kam nicht umhin, sich dieses reibende Gefühl an einer anderen, sensibleren Stelle ihres Körpers vorzustellen.

Was zum Teufel stimmt nicht mit mir? Vernunft übernahm wieder die Führung und sie riss ihre Hand frei.

„Ich brauche Sie nicht, um mir zu helfen, besonders nicht, da Sie der Grund sind, warum ich mich überhaupt erst verbrannt habe."

„Habe ich dich erschreckt, Maus?"

Ihr Gesichtsausdruck sagte definitiv: *Ähm, was denken Sie denn?* Das angedeutete Lächeln um seine Mundwinkel ließ sie annehmen, dass er keine Reue empfand.

Ahh. Wegsehen. Er war viel zu süß, wenn er das machte – und das lenkte sie ab. Sie versuchte das Ganze wieder auf eine weniger verlockende Basis zu bringen. „Was machen Sie hier?" Als sie fragte, blickte sie sich nach Augenzeugen um, die ihr zu Hilfe kommen könnten, sollte er sich entscheiden, sie für ihren Fauxpas vom Vortag zu töten.

Aber andererseits, vielleicht überreagierte sie. Heute wirkte er nicht wütend. Im Gegenteil, in seinen Augen glühte etwas, aber wenn sie sich nicht irrte, war es eher Flirten als Zorn.

Angesichts seiner extremen Reaktion und ihrer Erinnerung an seine arrogante Art traute sie dem Ganzen nicht.

„Nach unserem kleinen Missgeschick von gestern habe ich vielleicht etwas überreagiert."

„Sie meinen, Sie haben sich wie ein Arsch benommen." Sie beleidigte ihn absichtlich, aber eher um ihre eigene Ausgeglichenheit wiederzufinden.

„Ich gebe zu, dass einige meiner Worte vielleicht falsch gewählt waren. Dafür entschuldige ich mich."

Er tat was? Sie konnte spüren, wie sich ihre Augen bei dieser unerwarteten Entschuldigung weiteten. „Ähm, danke. Ich denke, ich sollte mich wahrscheinlich für das Massaker an ihren Haaren entschuldigen."

Er konnte sein Zusammenzucken bei dieser Erinnerung nicht wirklich verbergen und da bemerkte sie den Fedora, den er trug. Er passte zu dem Taubengrau seines maßgeschneiderten Anzugs, aber trotzdem ... Sie biss sich auf die Lippe, um nicht zu kichern. Auch wenn es ein schöner Hut war, er stand ihm einfach nicht.

„Wegen meiner Haare. Ich denke, ich schulde dir eine zweite Chance. Eine echte Chance, mir die Haare zu schneiden. Wenn auch kürzer, als ich ursprünglich geplant hatte, aufgrund unseres Missverständnisses."

„Entschuldigung? Habe ich gerade richtig gehört? Sie wollen, dass ich sie Ihnen schneide? Jetzt weiß ich definitiv, dass Sie mich verarschen wollen."

„Keine Tricks. Nachdem ich mich gestern beruhigt hatte, hatte ich die Gelegenheit, über das Geschehene nachzudenken. Ich habe dir nie eine wirkliche Chance gegeben. Mein Chauvinismus hat mein Urteilsvermögen getrübt. Aber zu meiner Verteidigung, die früheren Haarschnitte, die ich von Frauen bekommen habe, waren von meiner Mutter und meinen Tanten, deren Vorstellung eines Haarschnitts eine Schüssel und eine Küchenschere umfasste."

Jetzt zuckte Kira zusammen. „Autsch."

„In der Tat. Vielleicht verstehst du jetzt meine Bedenken. Ich sollte auch zugeben, dass ich danach mit deinem Onkel im Friseursalon gesprochen habe. Ich hatte anfangs geplant, mir von ihm den Schaden beheben zu lassen. Aber er hat mir versichert, dass du nach Dominic seine beste Angestellte bist."

Sie konnte nicht verhindern, dass bei diesem Lob ihre Brust vor Stolz anschwoll. „Ich bin sehr gefragt." Oder sie war es, bis ihr alter Laden unter verdächtigen Umständen abgebrannt war.

„Was hältst du davon, wenn wir von vorne anfangen? Hi, mein Name ist Arik." Er streckte ihr die Hand hin und sie starrte sie an.

Erlaubte er sich einen Scherz mit ihr? Sie warf ihm einen besorgten Blick zu, aber sie sah in seinem Gesicht nichts außer Ehrlichkeit – oder eine sehr gute Tarnung davon.

Da er einer der Kunden ihres Großvaters war und nur eine Zicke seine Entschuldigung ablehnen würde, besonders nach dem, was sie gemacht hatte, legte sie ihre Finger in seine große Hand.

Ein elektrisierendes Kitzeln der Erregung durchfuhr sie. Trotz seiner Fehler konnte sie nicht abstreiten, dass sie sich von ihm angezogen fühlte.

„Ich bin Kira."

„Kira." Die Art, wie er die Silben ihres Namens rollte, sandte ihr ein weiteres Kitzeln durch den Körper. Gut, dass er keine spätabendliche Radioshow moderierte. Ansonsten würde es morgens eine Unmenge an übermüdeten Frauen geben. „Nun, Kira, da wir uns nun richtig vorgestellt haben, würdest du mir die Haare schneiden? *Bitte?*"

Oh guter Gott, die Art, wie er das sagte. Sie lehnte sich fast gegen die Tür, um sich zu stützen. Seine Anziehungskraft war wirklich außerordentlich. Aber es war nicht seine Schuld. *Sie* hatte offensichtlich ein Problem.

Ich frage mich, ob es eine Pille gibt, die verhindert, dass ich mich immer zu der falschen Art von Kerlen hingezogen fühle.

„Ich denke, das ist keine gute Idee."

„Aber du musst es machen." Sanftes Schnurren. Er kam näher und ihre ganze Aufmerksamkeit wurde von ihm eingenommen, einem großen und breiten Mann, genau das, worauf sie stand. Seine Augen waren auf sie fokussiert und er hatte keine Angst, ihren Blick zu erwidern, was unglaublich sexy war.

Sie wollte sich an ihn pressen und die harte Linie seiner Lippen erweichen, das neckende Lächeln, das sich in seinen Mundwinkeln versteckte, kosten.

Wie könnte sie ihm die Haare schneiden, wenn ihre Hände nur über seinen Körper wandern wollten?

Sie brauchte eine Anstandsdame, die dafür sorgte, dass sie nicht aus der Reihe tanzte. „Wenn du in etwa einer Stunde wiederkommst, dann haben wir geöffnet, dann werde ich das in Ordnung bringen."

„Eine Stunde? Kannst du mich nicht irgendwie früher unterbringen? Ich habe heute Vormittag noch ein Business-Meeting und ich würde da lieber nicht so auftauchen."

Bernsteinfarbene Augen flehten sie an. Sie zögerte. Diese Augen waren zu verführerisch. Sie wünschte, sie könnte wegsehen. Nicht nachgeben.

Aber ...

Technisch gesehen könnte sie ihm die Haare natürlich jetzt schneiden. Sie hatte den Schlüssel zum Geschäft. Das einzige Problem war, dass noch niemand anderes da war.

Sollte sie es wagen, ihn hineinzulassen und ihm die Haare zu schneiden, wenn sie mit ihm alleine war? Mit anderen Worten, schenkte sie sich selbst genug Vertrauen, um mit ihm alleine zu sein?

Bin ich wirklich so ein Feigling? Sie musste wirklich wieder die Kontrolle über ihre Hormone bekommen. Sie war kein kleines Mädchen, das in einen Jungen verknallt war. Sie war eine Frau, die wusste, wie man mit dem anderen Geschlecht umging. Und sie kannte das Wort *nein* sehr gut.

Sie konnte seinem Charme widerstehen und außerdem würde sie nicht lange mit dem großen Kerl alleine sein. Ihr Onkel würde bald auftauchen und außerdem gab es große Schaufenster und Passanten auf dem Bürgersteig.

Zeugen für den Fall, dass ihre Hände sie wieder hintergehen würden.

Aber was war mit ihrer Sicherheit? Vielleicht war das Flirten eine List. Vielleicht war diese ganze Entschuldigungsnummer nur dazu gedacht, dass sie ihre Deckung fallen ließ.

Während sie redeten, hatten sich die Bürgersteige mit Leuten gefüllt, die den Tag begannen.

Wenn der große Kerl ihr etwas Böses wollte, würde es Zeugen geben.

Aber als sie seinen Gesichtsausdruck betrachtete, der glühendes Interesse und nicht die Wut vom Vortag zeigte, hatte sie nicht den Eindruck, dass er sie verletzen wollte. Zumindest nicht auf schmerzhafte Weise. Im Gegenteil, die Hand, die ihre hielt, die er noch nicht losgelassen hatte, strich sanft mit dem Daumen über ihre Haut.

Tu es.

Tu es nicht.

Sie war hin und her gerissen, aber es gab wirklich nur eine Wahl. Kira war ein Feigling. Der Mann hatte seinen

Stolz hinuntergeschluckt und sich entschuldigt. Das Mindeste, was sie tun konnte, war ihm zu helfen.

„Komm rein und ich schaue mal, was ich tun kann." Und mit diesen Worten meinte sie seine Haare – und nichts anderes.

Warum drückte dieser Gedanke ihre Stimmung?

Er ließ endlich ihre Hand los, nur um mit seinem Daumen über ihre Wange zu streichen. „Danke. Lieb von dir."

Ah. Nein, nicht das Grübchen. Wenn sie nicht bereits eingebrochen wäre, wäre das jetzt geschehen, als er das teuflischste Lächeln aufsetzte, das möglich war.

Sie zwang sich, sich abzuwenden. Mit zitternden Händen, sperrte sie die Türe auf und ließ ihn in den Laden.

Während sie herumeilte und die Lichter einschaltete, wobei sie das Schild auf *geöffnet* drehte und ihr Handwerkszeug aus einem sterilen Beutel nahm, versuchte sie, ihn zu ignorieren.

Nicht einfach. Er schien einfach den ganzen Raum einzunehmen. Egal wohin er sich bewegte, war sie sich seiner Gegenwart unglaublich bewusst.

Er zog sein Jackett aus und gab so noch mehr von seinem Oberkörper preis. Sein Anzughemd, das aus reiner Seide war, die sie sich nie würde leisten können, schmiegte sich an seine Brust und um seine muskulösen Arme. Er lockerte seine Krawatte, während er zu einem der Frisierstühle hinüberschritt.

Er setzte sich ohne Aufforderung und betrachtete sie weiter im Spiegel.

Ich hätte ihn warten lassen sollen. Zu spät. Jetzt würde sie ihm die Haare schneiden müssen.

Ein Lächeln lauerte in seinen Mundwinkeln als sie ihm den schützenden Plastikumhang umlegte.

„Ich mache dich nervös", erklärte er.

Ja! „Nein. Wenn du die ungeschickten Hände meinst, ich warte noch darauf, dass mein Kaffee endlich wirkt", log sie.

Zur Ablenkung nahm sie ihm den Hut ab und zuckte zusammen, als die geschorene Stelle ihr ins Auge sprang. Sie strich mit ihren Fingern durch seine seidenen Locken und versuchte eine Möglichkeit zu finden, wie sie den Fleck verstecken könnte, ohne seinen persönlichen Style zu verändern. Leider hatte sie zu viel abgeschnitten. Ein Teil von ihr hatte Angst, ihm die einzige Möglichkeit aufzuzeigen, wie sie das reparieren konnte. Sie bezweifelte, dass ihm die Antwort gefallen würde. „Wenn ich es angleichen soll, müssen wir es fast ganz abschneiden."

Sie musste ihm zugute halten, dass er nicht ausrastete, obwohl sein Gesicht sich anspannte und sie meinte, ein trauriges *Miau* gehört zu haben, was keinen Sinn ergab, da es im Laden keine Katze gab. Faule, haarige Dinger.

„Mach mit meinen Haaren, was du tun musst. Ich vertraue dir."

Diese Antwort hätte ihr keinen Schauer – der erotischen Art – den Rücken hinunterlaufen lassen müssen, und doch hatte sie das, da jedes seiner Worte in seiner tiefen Baritonstimme so sexy und sinnlich klang.

Sie entschloss sich, nur das Nötigste abzuschneiden, und obwohl er am Ende keine lange goldene Surfermähne mehr tragen würde, würde er gut aussehen. Besser als gut.

Viel zu köstlich, um es in Worte zu fassen.

Also im Ernst. Als seine Haare in einem seidenen Schauer zu Boden regneten, veränderte sich sein Äußeres. Er wurde markanter. Maskuliner.

Mit jedem Schnippeln verstärkten sich die felsigen Linien seines Gesichts, die starken Kanten seines Kinns und die Tatsache, dass er einen perfekt geformten Schädel hatte.

Als sie fertig war, trat sie einen Schritt zurück und biss sich auf die Unterlippe, während sie das Resultat begutachtete.

Mein Gott, ist er attraktiv.

Das dachte sie zumindest, doch ihre Meinung war nicht von Bedeutung.

„Was denkst du?", fragte sie, als sie den Handspiegel hinter ihm in einem Winkel hochhielt, dass er alles gut sehen konnte.

Einen Augenblick lang sagte er nichts, sondern starrte nur sein Spiegelbild an. „Weißt du", sagte er langsam, „ich habe jahrelang denselben Haarschnitt getragen. Das war mein Look. Mein Ding. Also ist das hier ziemlich drastisch für mich."

Sie konnte ein *aber* erspüren und wappnete sich.

„Aber ich wünschte mir, ich hätte dich schon vor Jahren getroffen. Das ist ein wirklich guter Haarschnitt." Er klang überrascht.

Die Anspannung in ihrem Körper löste sich. „Also gefällte es dir?" Sie musste einfach fragen, als sie den Frisierumhang öffnete und ihn ihm abnahm.

„Sehr sogar. Wie viel schulde ich dir?"

Sie hob ihre Hände und winkte ab. „Nichts. Das geht auf mich."

Er stand von seinem Stuhl auf und überragte sie. Wie klein sie sich dadurch fühlte. „Unsinn. Ich bestehe darauf."

„Betrachte es als Wiedergutmachung für das, was geschehen ist." Sie wollte seiner männlichen Präsenz entfliehen. Doch das Regal mit den Haarschneidemaschinen blockierte ihr den Weg.

„Du musst mir dir *irgendetwas* geben lassen."

Seine raue Stimme sandte ihr einen Schauer durch den Körper.

„Empfiehl deinen Freunden den Laden." Sie beschäftigte ihre Hände mit den Werkzeugen, indem sie sie abwischte und auf ihr Tablett legte.

Er nahm ihre Hand und brachte sie an seinen Mund, wobei er ihr einen sanften Kuss darauf drückte. „Ich empfehle diesen Laden schon seit Jahren weiter." Er summte die Worte gegen ihre Haut.

Sie riss ihre Hand weg. „Ähm, weißt du was, ich sollte gehen und etwas tun. Wie Handtücher zusammenlegen." Oder ihr Höschen wechseln. Oder ...

Sie blinzelte, als er sagte: „Du und ich. Abendessen. Achtzehn Uhr. Ich komme wieder und hole dich ab."

Bevor sie ablehnen konnte, ging er und seine breiten Schultern passten kaum durch die Tür. Sie konnte ihm nur nachstarren, als er auf den Bürgersteig hinausging. Er hielt inne und warf ihr einen Blick durchs Fenster zu. Er zeigte ihr sein tödliches Grübchen und zwinkerte.

Sie wäre vielleicht noch einige Zeit dumm dagestanden und hätte hinausgegafft, wäre ihr Onkel nicht hereingekommen und hätte sie erschreckt. Er hatte den Hintereingang benutzt, um den Laden zu betreten.

„Kira, du bist früh da."

Sie wirbelte herum und hoffte, dass sich nichts Verräterisches in ihrem Gesichtsausdruck zeigte. „Ja, ich bin früh da, weil ich heute früher gehen muss. Kannst du meinen fünf Uhr Termin übernehmen?" Denn sie musste hier weg sein, bevor Arik wieder auftauchte und sie etwas Dummes tat, wie etwa zu hoffen, dass er noch eine andere Stelle ihres Körpers küsste. Wie zum Beispiel ihre empfänglichen Lippen.

Kapitel 5

Ein scharfes Pfeifen riss Ariks Aufmerksamkeit von seiner Arbeit hoch.

„Sie mal an, wer wieder hübsch ist." Hayder betrat Ariks Büro und hatte sofort dessen neuen Look im Visier.

Als eitle Kreatur – etwas, das Arik nie verleugnete, – kam er nicht umhin, sich herauszuputzen und anzugeben. „Gefällt es dir? Ich denke, damit sehe ich ziemlich bedeutend aus."

„Und wie ein totaler Frauenmagnet, Alter. Die Mädchen in der Telekommunikationsabteilung reden schon alle davon. Vielleicht sollte ich mir auch einen neuen Haarschnitt zulegen. Wer hat das gemacht?"

„Eine gewisse schneidewütige Frau."

„Du machst Witze. Sag mir nicht, dass du bei deinem Plan geblieben bist und die Braut zur Rede gestellt hast, die dich skalpiert hat?"

„Doch. Es hat sich herausgestellt, dass sie ziemlich talentiert ist, sofern ich sie nicht gerade wütend mache."

Hayder pfiff. „Das würde ich auch sagen. Ich hätte nichts dagegen, dass sie auch bei mir mal Hand anlegt."

Arik schloss die Lippen, bevor ihm ein Knurren entkommen konnte. Was war nur mit seinem Löwen los? „Sie ist ziemlich beschäftigt."

„Naja. Dann mache ich einen Termin. Wie heißt das Mädchen?", fragte Hayder.

„Meins." Wer hatte das gesagt? Sicher nicht er. Arik blickte sich fast um, um nachzusehen, ob noch jemand in seinem Büro war, doch Hayders offener Kinnlade nach zu urteilen, war er der Schuldige. Seine verdammte Katze, die offenbar Gefühle für die menschliche Frau hegte.

Okay, vielleicht sollte er sich eine Mitschuld eingestehen, da sein Löwe nicht der einzige war, der von Kira angetan war. Obwohl er heute Morgen eigentlich zu dem Friseursalon gegangen war, um entsprechend seines Racheplans einer gewissen Maus aufzulauern, hatte er seither einen Sinneswandel gehabt. Einen drastischen Sinneswandel.

Der Haarschnitt hatte dazu beigetragen. Sie hatte das, weswegen er angepisst war und was er als episches Desaster angesehen hatte, genommen und es in etwas Positives verwandelt. Wenn er ihr nur gestern eine Chance dazu gegeben hätte, bevor er nach Hause gestapft war und sich bei allen über sie beschwert hatte.

Im Nachhinein hatte er vielleicht überreagiert. Er konnte sich fast schuldig fühlen, weil er einen ganzen Abend damit verbracht hatte, abwechselnd seine Cousinen anzubrüllen, die angeboten hatten, Kira in Stücke zu reißen, und seine Cousins anzuknurren, die sich fast angepisst hatten, weil sie so sehr hatten lachen müssen.

Aber der fantastische Haarschnitt war nicht der einzige Grund für seinen Stimmungswandel. Die prickelnde Anziehung zwischen ihnen, bestätigt durch ihren Duft der Erregung, den sie vor einem Raubtier unmöglich hatte verheimlichen können, hatte seinen anfänglichen Zorn aufgelöst und ...

Er wusste nicht, was daraus geworden war, nur dass er unbedingt mehr von Kira sehen wollte.

Ja. Mehr Kira. Nackt. Mit viel Lecken.

„Meins? Das ist ein seltsamer Name?", sinnierte Hayder laut. „Ich denke nicht, dass ich den schon jemals gehört habe. Ist das ein ausländischer Name?"

„Sei kein Idiot. Ihr Name ist Kira, aber ich will nicht, dass du ihr nahe kommst." Denn Hayder war ein Frauenheld und es wäre nicht gut, seinen Beta töten zu müssen. Aber er würde es tun, wenn er müsste.

Finger weg. Meins.

Ups, vielleicht hatte er den letzten Teil laut geknurrt.

Hayder lachte. „Heilige Scheiße, Alter. Was zum Teufel ist heute Morgen mit dir passiert? Gestern warst du noch ganz *Die Rache wird mein sein* und heute heißt es nur noch *Sie ist mein.*"

Arik griff auf eine Notlüge zurück. „Ich kann mich nicht richtig rächen, wenn du dazwischenfunkst. Also halt dich von ihr fern. Ich sage dir Bescheid, wenn ich fertig bin."

Was nicht geschehen wird.

Er musste dringend eine Unterhaltung mit seiner katzenhaften Seite führen. Sein Löwe wurde besitzergreifend, was keine Option war.

Als Alpha des Rudels würde Arik nur aus politischen Gründen sesshaft werden, und nur mit einer, die das Katzengen trug. Mit anderen Worten, mit einer Löwin, oder zumindest einer katzenartigen Gestaltwandlerin. Das war, was Gestaltwandler taten, um die Blutlinie rein zu halten.

Es war nicht so, dass Menschen und Gestaltwandler

nicht heiraten und keine Kinder bekommen konnten. Das konnten sie, und sie taten es auch, aber dabei gab es einen Haken. Nur etwa zehn Prozent der Nachkommen dieser gemischtartigen Verbindungen trugen das Tiergen in sich. Angesichts ihrer geringen Population konnten sie es sich nicht leisten, dass die stärksten von ihnen etwas mit Menschen anfingen.

Selbst wenn sie verlockend und süß waren.

Aber das bedeutete nicht, dass er nicht mit Kira spielen konnte. Katzen gefiel es sehr, mit Mäusen zu spielen. *Pack sie an ihrem süßen Schwanz und lass sie kreischen.*

Doch egal wie oft er sich in Erinnerung rief, dass es unmöglich war, dass sie eine Beziehung führen würden, dachte er dennoch den ganzen Tag an sie. Und je mehr er an sie dachte, umso mehr erkannte er, dass diese temperamentvolle Frau, die er kennengelernt hatte, sich nicht notwendigerweise wie andere benehmen würde.

Arik war daran gewöhnt, dass Frauen sich ihm an den Hals warfen. Wenn sie nicht von seinem Reichtum angezogen wurden, dann von seiner Macht, und nein, es war nicht eitel zu sagen, dass er auch nicht gerade hässlich war.

Was das andere Geschlecht betraf, mangelte es Arik nicht an Aufmerksamkeit. Doch selbst er musste zugeben, dass Kira nicht wie die Frauen war, die er normalerweise datete. Denn sie versuchte, ihm Paroli zu bieten.

Auf einem Stuhl in einem Café wartend, von wo aus er den Friseursalon im Blick hatte, sah er, wie sie kurz vor fünf den Laden verließ, wobei sie sich wild in alle Richtungen umblickte.

Hoffte seine Maus, ihm entkommen zu können?

Nicht dieses Mal. Arik warf ein paar Geldscheine auf den Tisch, verließ das Café und verfolgte Kira, wobei seine Instinkte ihn immer rechtzeitig hinter Bushaltestellen oder in Geschäften abtauchen ließen, bevor sie über ihre Schulter blickte.

Dass sie ein Mensch war, bedeutete nicht, dass ihre Instinkte sie nicht zu warnen versuchten, dass sie verfolgt wurde. Doch sie konnte es nicht beweisen, da sie es mit dem König der Raubtiere zu tun hatte. Arik wusste, wie man im Hintergrund verschwand und wie man seine Beute aufspürte. Er wusste auch, wann er zuschlagen musste, nämlich dann, wenn sie es am wenigsten erwartete.

„Wohin läufst du?"

Sie quietschte und stolperte, doch sie fiel nicht hin, da er eine Hand vorschnellen ließ, um sie zu packen.

Sie wirbelt zu ihm herum. „Was zum Teufel machst du?"

„Ich könnte dich dasselbe fragen. Ich dachte, der Plan war, dass ich dich beim Salon treffe. Und doch bist du hier und kaufst Fisch? Hast du ein Date mit einer Katze?" Er liebte die Ironie in diesen Worten, aber er hasste ihre Antwort.

„Ich bin eher eine Hundeliebhaberin."

„Katzen sind netter."

„Sie sind freche Kreaturen, die denken, dass sie dich besitzen."

Wie gut sie seine Art bereits kannte.

„Und sie würgen immer Fellknäul hoch. Nein danke. Ich ziehe gehorsame Hunde vor."

Gehorsam wurde überbewertet, außer sie kam von seinen Untertanen. Arik zog es vor, die Befehle zu erteilen. Das würde sie bald lernen. „Darf ich annehmen, dass du vorhattest, dich umzuziehen und rechtzeitig zu unserem Date um sechs wieder da sein wolltest?"

Dem Ausdruck auf ihrem Gesicht nach zu urteilen? Nein.

„Hör zu, Arik. Du bist ein netter Kerl und so, und ich bin froh, dass sich alles zum Guten gewandt hat, aber ich denke wirklich nicht, dass wir zusammen Essen gehen sollten."

„Wie dumm von mir. Natürlich nicht."

„Also verstehst du es."

„Natürlich. Nach einem langen Arbeitstag bist du vermutlich müde und willst dich nur in etwas Bequemen auf der Couch entspannen."

„Genau." Sie wirkte erleichtert, was seine nächsten Worte nur noch schöner machten.

„Fabelhafte Idee. Wir lassen uns etwas liefern." Er benutzte seine Fingerspitze, um ihr herunterhängendes Kinn anzuheben. „Irgendwelche Vorlieben? Chinesisch? Indisch? Italienisch?"

„Ich denke, du hast mich falsch verstanden."

Er lehnte sich vor und kam ihr absichtlich zu nahe, nahe genug, um das schnelle Flattern ihres Pulses zu hören und die Weitung ihre Pupillen zu sehen, als sie ihn anstarrte. Und ihr Duft? Er hätte sabbern können, als Angst und Vorfreude das Aroma ihrer Erregung verstärkten. „Ich kann verstehen, dass du mir aus dem Weg gehen willst. Das Problem ist nur, dass ich das nicht zulassen werde. Wir werden zusammen essen. Die Frage ist nur, werden wir es in der Privatsphäre deines Apartments tun, nur wir beide, alleine ... mit einem Bett in der Nähe? Oder wirst du eine verängstigte Maus sein und auf einen öffentlichen Ort bestehen?"

Sie saugte ihren Atem ein. „Ich habe keine Angst vor dir."

„Also essen wir bei dir?"

„Nein. Wenn ich mit dir essen muss, dann gehen wir in ein Restaurant."

„Nun gut. Du wählst."

Er hätte es an ihrem verschmitzten Grinsen erkennen müssen, dass sie sich für seinen Überfall rächen würde, und das tat sie auch.

„LongHorn."

Der Konkurrent seiner Steakhouse-Kette.

Kapitel 6

Wie genau kam es dazu, dass Kira mit einer Speisekarte in der Hand mit Arik an einem Tisch in einer Nische saß?

Dies war das genaue Gegenteil von dem, was eigentlich hätte passieren sollen. Sie hatte alles genau geplant. Sie würde früh Feierabend machen. Ihr Onkel würde Arik, falls er auftauchte, sagen, dass sie krank war. Der große Kerl würde sie vergessen und sie würde ihr Leben weiterleben.

Aber er hatte geahnt, dass sie etwas Hinterhältiges vorhatte, und hatte sich auf die Lauer gelegt.

Sie wusste nicht, ob sie sich geschmeichelt fühlen oder die Polizei rufen sollte. Sie kam auch nicht umhin, davon beeindruckt zu sein, wie gut er sie eingeschätzt hatte. Viele der Kerle, mit denen sie über die Jahre ausgegangen war oder die ein Interesse an ihr gezeigt hatten, hatten sie nie wirklich verstanden. Sie hatten angenommen, dass sie genau wie alle anderen Mädchen war.

Falsch. Kira war anders. Besonders. Und nicht auf die *Ich brauche Medikamente, damit ich aufhöre, Stimmen zu hören*-Art. Sie war einzigartig, sie machte Dinge auf ihre eigene Art und Weise – selbst wenn dies manchmal bedeutete, wie ein Feigling die Flucht zu ergreifen. Aber andererseits hatte sie durch die Beziehung zu Gregory dazugelernt. Was sie veranlasste, wieder über Arik nachzudenken.

Ein hartnäckiger großer Kerl, der verführerisch war wie eine Waffel mit Schokosoße. Sie wollte einfach daran knabbern und lecken.

Brennendes Interesse war gut und recht, aber was, wenn er sich wie ihr Ex als Psychopath entpuppte?

Die Tatsache, dass sie Arik dazu gebracht hatte zuzustimmen, sie in ein konkurrierendes Restaurant auszuführen, sprach Bände. Trotz seines offensichtlichen Unmutes darüber, wie sie ihn ausgespielt hatte, hatte er es würdevoll hingenommen.

Und würde sie jetzt dafür bezahlen lassen. So ein hinterlistiger und gutaussehender Teufel.

Er hatte um einen Tisch gebeten, der sich in der hintersten Ecke, wo das Licht gedämpft war, befand und ihn bekommen. Ein perfektes Ambiente für ein Liebespaar.

Aber wir sind kein Liebespaar.

Noch nicht. Denn ehrlich gesagt fühlte sie sich ernsthaft zu dem Mann hingezogen.

Sie hätte sich ohrfeigen können. Nein. *Böse Kira.* Sie war an einem Punkt in ihrem Leben, an dem sie keine Beziehung brauchen konnte, egal welcher Art diese war.

Sind wir da nicht etwas vorschnell? Die Rüge ihrer eigenen inneren Stimme zügelte sie. Er hatte zwar mit ihr geflirtet, aber wer sagte, dass er nach einer Beziehung suchte? Es könnte auch sein, dass er einfach nur etwas nackte Gesellschaft wollte. Obwohl sie nicht begreifen konnte, warum er ausgerechnet sie wählen würde.

Kira machte sich nichts vor, wenn es um ihr eigenes Bild von sich ging. Sie war süß, darüber war man sich einig.

Aber sie war etwa dreißig Pfund zu schwer, um als perfekt geformt bezeichnet werden zu können, und ihre Hüften waren im Vergleich zu ihrer Brust etwas zu breit. Sie hatte ein gebärfreudiges Becken, wie ihre Tante es nannte.

Das war nicht gerade etwas, das Kira als Kompliment ansah ... oder als positives Attribut in ihrem Dating-Lebenslauf. Sie hatte aber schöne Haare und hübsche Augen. „Ein nett aussehendes Mädchen", wie ihr Onkel es gerne nannte. Was übersetzt bedeutete, dass sie nicht die Art Frau war, die die Kerle, insbesondere Milliardäre wie Arik, besonders beachteten.

Außer er mochte die Herausforderung.

Zog es ihn vielleicht an, dass sie ihn links liegen ließ?

„Du siehst viel zu ernst aus, für jemanden, der gerade dabei ist, einen Appetizer auszuwählen", murmelte er.

Das sanfte Schnurren seiner Stimme müsste eigentlich mit einer Warnung versehen sein, so wie man es manchmal im TV sieht. *Bitte nehmen Sie zur Kenntnis, dass der große Kerl, der Ihnen gegenübersitzt, Herzprobleme, feuchte Hände, ein nasses Höschen und einen Hunger nach Dingen, die nicht in der Öffentlichkeit vernascht werden sollten, hervorrufen kann.*

Sie stählte sich, bevor sie aufblickte und über die Speisekarte in seine Augen sah. „Ich überlege nur, ob ich einen Salat oder gefüllte Pilze haben möchte."

„Oder du könntest an mir knabbern", sagte er mit einem Zwinkern."

„Arik!" Seine dreisten Worte schockierten sie und halfen nicht dabei, die Erregung zu mindern, gegen die sie bereits ankämpfte. Hitze durchfuhr sie und sie konnte sich die Farbe ihrer Wangen gut vorstellen. Es war nicht schwierig, Scham vorzutäuschen und sich wieder hinter der Speisekarte zu verstecken.

„Oh, komm schon, Maus. Tu nicht so schockiert."

„Du hast mir gerade ein unmoralisches Angebot gemacht."

„Nein, ich habe nur ausgesprochen, was wir beide denken."

Er musste geraten haben. Es gab keine Möglichkeit, dass er wissen konnte, dass sie ihn begehrte. „Ich weiß nicht, wovon du sprichst."

Er schnaubte. „Ich weiß nicht, warum du meinst, du müsstest mir etwas vorspielen?"

„Was vorspielen?"

„Dass wir uns nicht voneinander angezogen fühlen."

„Ich weiß nicht, woher du diese Idee hast. Du bist ein interessanter Mann, sicher, aber das ist es auch schon."

„Lügnerin." Und er bewies es, indem er ihre Hand nahm und mit dem Daumen über ihre Haut strich. Sie konnte das Zittern bei der Berührung nicht verbergen. „Ich berühre dich und du zitterst."

Sie musste ihm wirklich seine ausdrucksstarken und sexy Augenbrauen abrasieren. Vielleicht würde sie dann nicht den Drang verspüren, sich Luft zuzufächeln.

„Könnte auch Abneigung bedeuten."

Er stieß ein kurzes Lachen aus. „Wir beide wissen, dass das nicht wahr ist."

Da Verleugnung zu nichts führte, änderte sie ihre Taktik. „Gut. Du bist attraktiv. Ich denke immer noch, wir sollten nicht weiter gehen. Wir kommen offensichtlich aus verschiedenen Welten."

„Ja." Er versuchte nicht einmal, es zu leugnen.

Was für eine Enttäuschung. Sie hatte eine Diskussion erwartet. *Was genau sagt das über mich?* „Warum dann das alles? Warum bist du so entschlossen, mich auszuführen und dann zu vögeln?" Sie ließ es absichtlich vulgär klingen, um den Bann zwischen ihnen zu brechen.

„Vögeln? Ich zeige mehr Finesse, das versichere ich dir, Maus. Wenn wir zusammenkommen, verspreche ich, dass es ein Ereignis sinnlicher Freude sein wird."

„Sagen wir, ich lasse es zu, dass wir Sex haben, und dann? Ich habe dir bereits gesagt, dass ich keine Beziehung will. Ich kann nicht." Nicht bis sie sich sicher war, dass die Fehler ihrer Vergangenheit nicht zurückkehren und sie bedrängen würden.

„Kann nicht?" Natürlich nahm er diese zwei Worte auf. „Triffst du dich mit jemandem?" Komisch, wie er diese Frage herausbiss als wäre er wütend und wie seine Augen in dem gedämpften Licht bernsteinfarben funkelten.

Fast katzenartig. Völlig verrückt. Es war vermutlich nur ein seltsames Lichtspiel, genauso wie Leute auf Fotos manchmal rote Augen hatten.

„Nein, ich treffe mich mit niemandem. Nicht mehr. Aber sagen wir mal, dass meine letzte Beziehung auf eher hässliche Weise geendet hat." Untertreibung des Jahrhunderts. „Angesichts dessen, was ich mit dem Typen durchmachen musste, brauche ich eine Pause von diesem ganzen Beziehungszeug."

„Dann keine Beziehung. Auch ich bin gerade nicht an einem Punkt in meinem Leben, wo ich nach einem *Bis der Tod euch scheidet* suche. Aber ich hätte nichts gegen jemanden für leidenschaftliche Zusammenkünfte."

Sie brauchte einen Augenblick und sie blinzelte vielleicht ein paarmal, bevor sie sagte: „Fragst du mich gerade, ob ich deine Fickfreundin sein möchte?"

Er machte einen empörten Schmollmund. „Ich denke, der korrekte Ausdruck ist Mätresse."

Kira konnte nicht anders. Sie kicherte.

„Was ist so lustig?", fragte er, wobei ein Stirnrunzeln seine Augenbrauen zusammenzog.

„Diese ganze Unterhaltung. Du erkennst doch sicher, dass das völlig gestört ist, oder?"

„Im Gegenteil, ich denke, dass es heutzutage erfrischend ist, dass ein Mann und eine Frau, die sich zueinander hingezogen fühlen, eine zivilisierte Unterhaltung darüber führen können, eine sexuelle Partnerschaft einzugehen, die weder emotionale Bindung noch langfristige Verpflichtungen mit sich bringt."

Eine Mätresse. Ein Flittchen im Negligee, das mit sinnlichen Worten ihren Maßanzüge-tragenden Liebhaber begrüßt. Wilde, leidenschaftliche Episoden, gefolgt von Schmuck und einer schnellen Flucht seinerseits.

Diese Vorstellung erwies sich als zu viel. Sie lachte noch lauter.

Und offensichtlich gefiel ihm das nicht.

„Hör auf zu lachen", befahl er und seine ernste Stimme war genauso sexy wie seine flirtende.

„Ist das der Punkt, an dem ich dich Sir nenne? Oder Meister?" Sie kicherte und grunzte, was zu noch mehr Gelächter führte.

So sehr lachend, dass sie praktisch Tränen in den Augen hatte, bemerkte sie nicht sofort, was er machte, bis er sich neben sie auf die Bank setzte. Sie drehte sich, um ihn anzublicken und er nutzte die Gelegenheit, um ihr Kinn in seine Hand zu nehmen. Dann brachte er sie mit einem Kuss zum Schweigen.

Plötzlich war nichts mehr lustig, sondern alles stand in Flammen.

Die Hand, die ihr Kinn packte, umfasste eine Seite ihres Gesichts und wiegte es in seiner großen Handfläche. Ihre Lippen öffneten sich bei seiner hartnäckigen Liebkosung. Offensichtlich wollte er sie kosten, denn seine Zunge fuhr ihre Lippen entlang, bevor sie hineintauchte, um mit ihrer zu tanzen.

Sie ließ ihre Hände geschlossen auf ihrem Schoß liegen, wobei ihre Finger sich tief eingruben. Sie hatte Angst, sie loszulassen. Sie wusste, dass ihre Hände seinen Körper suchen und die harten Muskeln, die sie unter seinem Hemd ausmachen konnte, streicheln würden. Wusste, dass sie ihr Beharren, dass sie nicht zusammenkommen sollten, verspotten würden.

Er aber hatte diese Ängste nicht. Während eine Hand die Haut ihrer Wange streichelte, wanderte die andere zu der Stelle direkt unter ihrem Brustkorb. Er hatte seinen Arm um sie gelegt, wobei ihr leicht üppiger Körperbau kein Hindernis gewesen war, und ließ seine Hand langsam nach oben wandern.

Der Stoff, der sie beide trennte, half nicht dabei, die atemberaubende Erwartung aufzuhalten, dass seine Hand ihre Brust umfassen würde. Sein Mund schluckte ihr leichtes Stöhnen. Sie rutschte auf ihrem Sitz herum und ihre Schenkel pressten sich fest zusammen. Aber das half nicht zu verhindern, dass sich ein sehnsüchtiger Druck zwischen ihren Beinen aufbaute.

Doch was war es, das letztendlich wie ein Eimer mit kaltem Wasser für Abkühlung sorgte?

Die Tatsache, erwischt zu werden.

Kapitel 7

Roar. Er unterdrückte das Geräusch, wenn auch knapp. Arik hätte den Kellner, der sich räusperte und seinen Kuss mit Kira unterbrach, nur zu gerne getötet.

„Sind Sie bereit zu bestellen?"

Bereit, eine Dose Arschtritte zu bestellen. Den Kontakt ihrer Lippen beendend blickte Arik den jungen Mann, der mit einem Notizblock in der Hand an ihrem Tisch stand, finster an.

Neben ihm keuchte Kira leise und sah mit ihren geröteten Wangen, den strahlenden Augen und den geschwollenen Lippen zu süß aus. Sie erholte sich aber schneller als ihm gefiel.

„Ich hätte gerne einen Martini. Einen großen. Als Vorspeise einen Caesar Salad mit extra Knoblauch. Als Hauptgang eine Ofenkartoffel und ein Porterhouse-Steak, dreihundert Gramm, englisch." Als sie bestellte, wobei sie ihn gezielt ignorierte, lehnte sich Arik gegen die lederne Rückenlehne. Er legte einen Arm über ihre Schulter, eine besitzergreifende Geste, die seiner vorherigen Aussage Kira gegenüber widersprach.

Ja, er hatte vielleicht gesagt, dass er nichts Dauerhaftes wollte. Er konnte die Dinge nicht brauchen, die eine feste Beziehung mit sich brachte – wie die Erwartungen an ihn, pünktlich zu sein oder Geschenke zu kaufen. Manchmal wollte ein Mann nur etwas Einfaches und Unkompliziertes. Manchmal wollte er einfach Sex. In diesem Fall wollte er Kira wirklich als Geliebte. Das Problem war nur, dass ein Teil von ihm, ein kleiner Teil, vielleicht mehr wollte, als nur sie nackt in seinem Bett zu haben.

Behalte sie.

Völlig verrückt und gegen alles, was er wusste, alles, was ihm beigebracht worden war. Arik wusste, worum sein Rudel ihn bitten würde, zumindest die Frauen. Sie würden ihm sagen, es zu beenden. Sofort. Einfach aufstehen und gehen. Und Kiras Meinung, dass er ein arroganter Arsch war, bestärken.

Das war er und bei jeder anderen Frau hätte er es so gemacht. Aber das hier war Kira. Und aus irgendeinem Grund war Kira anders. Ihre unterschiedlichen Seiten faszinierten ihn.

Muss ihre Geheimnisse ergründen. Er musste einen Weg finden, sich durch die Mauer zu meißeln, die gerade um sie aufgebaut worden war, als sie so dasaß, sittsam und die Hände unschuldig in ihrem Schoß gefaltet. Ein konzentrierter Versuch, so zu tun, als hätte der Kuss nie stattgefunden.

Er ließ seine Finger ihren Nacken kitzeln und sie zitterte, unfähig, ihre Reaktion auf ihn zu verbergen.

„Und Sie, Sir, was bekommen Sie?"

War dieser Idiot immer noch hier, um seine angenehmen Gedanken zu ruinieren? „Ich bekomme dasselbe wie sie, die doppelte Portion."

Magische Worte, die den Kellner endlich verschwinden

ließen. „Wo waren wir?" Er schnurrte die Worte, etwas, was seine Löwenform einfach nicht tun konnte. Doch dieses Schnurren durfte nicht mit dem zufriedenen Schnurren einer Hauskatze verwechselt werden, die ein Leckerli bekam. Das war das Schnurren eines Raubtiers, der seiner Eroberung Honig um den Mund schmierte.

So viel Honig, dass sie wegrutschte und Gleichgültigkeit vortäuschte.

„Also, was hältst du von der Einrichtung?"

Holz. Viel Holz, und er meinte nicht nur die Wände. „Ich denke, du weichst dem aus, was gerade passiert ist. Ich denke, wir sollte darüber reden."

„Worüber reden? Es war nichts Besonderes. Du hast mich geküsst."

„Es war mehr als ein Kuss."

„Wenn du das sagst." Nachdem sie geantwortet hatte, ignorierte sie ihn weiterhin gezielt.

So stur. Er wurde still und starrte sie an, da er wusste, dass es nicht lange dauern würde, sie verrückt zu machen.

Sie hielt länger durch als erwartet, aber letztendlich rastete sie aus. „Was willst du von mir?"

„Ich dachte, das habe ich deutlich gemacht. Dich. Mich. An einem abgeschiedenen Ort."

Sie neigte den Kopf und blickte in seine Richtung. Ihre Lippen waren zusammengepresst. „Du bist sehr stur."

„Ich weiß. Wollen wir mit deinem Alphabet aus Attributen weitermachen, so wie hübsch, imposant, jugendhaft, kühn, lustig."

„So lustig bist du nicht."

„Sagt die Frau, die vor kurzem noch gegrunzt hat."

„Arrogant."

„A hatten wir schon."

Sie schnaubte.

„Dann nochmal zu L. Liebhaber."

Er grinste und sie verdrehte die Augen. „Meine Güte. Du wirst nicht aufhören zu versuchen, mich zu verführen, bis du bekommst, was du willst, oder?

„Nein." Eine entschlossene Behauptung.

Sie gab ein schweres Seufzen von sich. „Gut."

„Was meinst du mit gut?"

„Wir essen zu Abend und dann haben wir Sex. Aber fass dich bitte mit dem Poppen und Stöhnen kurz. Ich muss morgen arbeiten und ich muss vorher duschen."

Das klang nicht wirklich verführerisch. Er runzelte die Stirn. „Du lässt das wie eine lästige Aufgabe klingen."

Sie neigte ihren Kopf zur Seite, damit sie ihn verschmitzt angrinsen konnte. „Ich denke, das hängt davon ab, wer die ganze Arbeit macht. In diesem Fall wärst du das. Also streng dich besser an, da ein Flehen und Winseln dir keinen Nachschlag einbringen wird."

Flehen? Dachte sie, dass er sie anflehte? Aufgewühlt setzte er sich wieder auf den Platz ihr gegenüber, damit er ihren Gesichtsausdruck besser lesen konnte.

Sie verstand dieses strategische Manöver natürlich falsch.

„Habe ich in ein Wespennest gestochen?"

„Es wird noch etwas ganz anderes gestochen", murmelte er unheilvoll.

Sie sprang auf die Anspielung an. Die Röte, die ihre Wangen erhellte, brachte ein wenig von seinem Übermut zurück.

Sie ist nicht die einzige, die mit Worten necken kann.

Aber sie machte Essen zu einer ganz neuen Form der Folter.

Kapitel 8

Er wird mich anfallen.

Für Kira sah es definitiv so aus. Sie hatte gedacht, dass die sexuelle Spannung zwischen ihnen sich verringern würde, sobald das Essen eintraf. Sicher, die verbalen Wortgefechte ließen den Deckel auf dem brodelnden Topf, doch sie reichten nicht aus, um das Feuer zu ersticken.

Der Mann faszinierte sie einfach. Er nahm ihren Tadel und ihr Necken mit gespielter Wut, manchmal mit einem Affront, manchmal mit Gelächter auf. Dann wehrte er sich auf ähnliche Weise, indem er ihr nicht falsche Schmeicheleien, sondern unverschämte Vorschläge machte.

Sie hatte fast den Punkt erreicht, dass sie sich Luft zufächeln musste, als das Essen eintraf. Viel Essen. Arik hatte das Doppelte ihrer Mahlzeit geordert, die auch nicht gerade klein war. Sie fingen mit dem Salat an. Kein sexy Essen.

Und doch, als sie sich etwas von dem cremigen Caesar-Dressing von der Unterlippe leckte, hätte sie schwören können, dass Arik stöhnte. Er stellte tatsächlich einen Fuß zwischen ihre Beine. Er hatte seinen Schuh unter dem Tisch ausgezogen und seine Zehen, die agiler waren, als sie vermutet hatte, schlängelten sich ihr Bein hinauf. Sie stoppte ihn, bevor er den Scheitelpunkt ihrer Schenkel erreichte.

„Was machst du?"

„Wer, ich? Nichts." Ein Mann mit seinem Verhalten sollte nicht die Fähigkeit besitzen, gleichzeitig unschuldig und teuflisch auszusehen.

Sie versuchte seinen Fuß wegzudrücken. Er bewegte sich nicht. Eigentlich schlängelte er sich sogar noch weiter hinauf. „Wage es nicht."

„Ich suche nur nach einem warmen Ort. Die Klimaanlage ist für meinen Geschmack etwas zu kalt eingestellt."

„Ich bin kein Zehenwärmer."

„Du hast Recht. Du bist mehr als das. Ich persönlich würde es vorziehen, wenn du ganz auf mir liegen würdest."

So verlief der Smalltalk während des Salats. Und was seinen Fuß betraf, sie hielt ihn ab, ganz hinauf zu wandern, aber nur, weil er nicht darauf bestand. Sie hingegen musste sich anstrengen, nicht auf der Bank hinabzugleiten und seinen Zeh gegen eine spezielle Stelle ihres Körpers drücken zu lassen.

Der Mann brachte das Vorspiel auf eine ganz neue Ebene – während sie beide noch vollständig angezogen waren!

Aber sie hatte seine Schwäche entdeckt. Ihre Lippen zu lecken war eine. Wie begeistert er das Lecken ihrer Zunge beobachtete. Doch es war ihr vergnügliches Stöhnen beim ersten Bissen des perfekt gewürzten und von den Flammen geküssten Steaks, der ihn knurren ließ.

Sie kaute und schluckte das saftige Stück Fleisch, bevor sie fragte: „Geht es dir gut? Du wirkst leicht angespannt."

„An meiner Anspannung ist nichts leicht, Maus."

„Männer! Immer so besorgt wegen der Größe, wenn es

doch nur auf die Zunge ankommt." Sie hätte sich unter dem Tisch verstecken wollen, als die Worte – gelöst durch den sehr köstlichen Martini – ihre Lippen verließen.

„Keine Sorge, Maus, wenn es ums Lecken geht, bin ich ein Meister."

Darauf kam keine Antwort – denn sie war sich verdammt sicher, dass sie nicht die Antwort äußern würde, die ihr in den Kopf schoss: *Beweis es mir.*

Ihr verbales Vorspiel während des Hauptgerichts war nichts im Vergleich zum Dessert. Er schien es wieder müde zu sein, alleine zu sitzen. Erneut war er auf ihre Bank gewechselt und kam ihr nahe.

„Du rückst mir auf die Pelle."

„Tue ich. Gewöhn dich daran. Ich kuschle gerne."

Seine Behauptung ließ sie erstaunt den Mund öffnen. Er nutzte den Augenblick, um ihr einen Löffel mit der Nachspeise in den Mund zu schieben. Käsekuchen mit Karamellsoße. Ihr Lieblingsgericht.

Sie stöhnte. Laut. Mit großer Freude.

Etwas knurrte. Leise. Und dann küsste er sie – zu ihrem Vergnügen.

Es erwies sich als kurzer Kuss. Sie protestierte und ein weiter Löffel Süßes wurde ihr kredenzt. Sofort gefolgt von einem weiteren Kuss. Süßer Geschmack. Heißer Kuss. Ohh, etwas Zunge. Etwas Fummeln.

Eine Stimme, die fragte, ob sie noch etwas wollten – der Kellner hatte wirklich Todessehnsucht.

Als würden sie sich einen Verstand teilen, bissen beide heraus: „Die Rechnung."

Arik warf einige Geldscheine auf den Tisch, viel mehr, als für ihr Essen nötig war. Seine Eile, hier abzuhauen erwies sich als ziemlich schmeichelnd. Sie schafften es aus dem Restaurant und um die Ecke, bevor er sie gegen eine

Wand drückte. Seine harten Lippen nahmen ihre in einem glühenden Kuss ein, der jegliche Vernunft aus ihrem Kopf saugte. Seine großen Hände umfassten ihren Po und zogen sie an sich, wobei sie den Beweis für seine Erregung spüren konnte. Seine sehr große Erregung.

Sie klammerte sich an ihn und ihre Finger packten die Muskeln seiner breiten Schultern. Verschwunden war ihr früherer Entschluss, sich von ihm fernzuhalten. Er hatte mit einer Sache Recht; sie wollte ihn. Wollte eine Nacht voller leidenschaftlichem und wildem Sex.

Ein vergnügliches Ereignis ohne weitere Bedingungen.

Aber sie würde es vorziehen, wenn es nicht in der Öffentlichkeit stattfinden würde.

„Ich kenne da ein leeres Bett", flüsterte sie schamlos gegen seinen Mund.

„Ein Bett wäre nett, aber ich weiß nicht, ob wir es bis dorthin schaffen", war seine Antwort.

„Was soll das bedeuten?"

„Das wirst du schon sehen."

Warum ließen seine verhängnisvollen Worte ihr Geschlecht verkrampfen und in Erwartung zucken?

Kapitel 9

Es gab Zeiten, wo Arik dankbar war, dass er keinem Trend folgte. Zeiten wie jetzt.

Anders als andere wohlhabende Männer hatte Arik nicht viel für winzige Sportwagen übrig. Zum einen war er ein großer Mann, der gerne Platz hatte, und zum anderen wollte er etwas Großes, das ihm auf der Straße Schutz bot, weshalb er sich einen vollausgestatteten Escalade gekauft hatte, und er meinte vollausgestattet. Butterweiche Ledersitze, getönte Scheiben, ein ausgezeichnetes Soundsystem und das Beste, was alle Katzen begehrten: beheizte Sitze.

Er hatte noch einen Grund, dankbar dafür zu sein, einen großen Wagen gekauft zu haben, da das geräumige Innere und der extra breite Vordersitz es ihm einfach machten, Kira auf seinen Schoß zu ziehen.

„Ich dachte, wir wollten zu mir", protestierte sie.

„Tun wir. In einer Minute." Oder zwei. Oder drei. Gerade hatte er nicht das geringste Interesse, irgendwohin zu fahren. Alles, was er wollte, war, ihren Kuss fortzusetzen.

Mit aneinander klebenden Lippen und eifrigen

Händen machten sie auf dem Vordersitz seines SUVs herum und sorgten dafür, dass die Fenster beschlugen.

Es war ihre Entscheidung, sich auf seinem Schoß zu drehen und sich im Reitersitz auf ihn zu setzen. Eine ausgezeichnete Wahl, da ihr heißes Zentrum sich so gegen ihn presste. Beide stöhnten bei diesem Kontakt. Die paar Schichten Kleider machten das verführerische Aneinanderreiben nur noch erregender.

Seine Hände glitten unter ihr Sweatshirt und er spürte, wie sie zitterte, als er die weiche Haut an ihrem Rücken streichelte. Natürlich lag ein niederes Motiv in seinem Streicheln. Es dauert nur eine Sekunde, bis er den Verschluss ihres BHs geöffnet hatte.

„Was machst du?" Sie schreckte von ihm zurück. Ihre Augen waren halb geschlossen und ihre Lippen geschwollen von seinem Kuss.

„Wonach sieht es denn aus? Fummeln." Ihre befreiten Brüste hatten genau das richtige Gewicht und die richtige Größe für seine Hände. Sie sog einen Atemzug ein, als er mit seinen Daumen über ihre Spitzen strich.

Wie sehr er ihr Shirt anheben und sie kosten wollte. Doch selbst er war nicht so dumm, sie in der Öffentlichkeit zu entblößen. Jemand könnte sie sehen, *und dann müsste ich ihn töten.*

Mein. Und dieser Löwe wollte nicht teilen. Genau wie der Mann, der nicht aufhören wollte.

Ein rationaler Teil von ihm sagte, er sollte seine Verführung für ein paar Minuten lang unterbrechen und sie an einen Ort mit einem Bett fahren, doch gerade wurde er vom Verlangen und nicht von Logik getrieben. Einem Verlangen, diese Frau zu nehmen. Jetzt.

Ein Verlangen, das sie teilte.

Sie beugte sich ruckartig vor, wobei ihr Haar in einem

dunklen Bogen herumflog, ihre Hände seinen Kiefer an beiden Seiten umfassten und ihn für einen sengenden Kuss näher zu sich zogen.

Wie heiß sie doch brannte.

Er konnte nicht anders, als mit einer Hand die verführerische Rundung ihrer Brust zu verlassen und ihre Taille zu umfassen. Wie sehr er ihre üppige kurvige Figur liebte, so weiblich und begehrenswert. Er wollte jeden Zentimeter ihres Körpers erforschen, mit seinen Fingern, seinem Körper, seinen Lippen ...

Im Augenblick aber musste er sich angesichts ihrer Position mit dem zufriedengeben, was er erreichen konnte. Er fuhr mit seinen Fingern den Bund ihrer Yogapants entlang. Dehnbarer Stoff, perfekt dafür, seine Hand tiefer hinabtauchen zu lassen. Er begegnete einem unanständigen Stück Stoff, einem Tanga, so wie es sich anfühlte. Sexy Unterwäsche. Nett. Sehr nett. Er musste daran denken, das Teil später mit seinen Zähnen zu entfernen. Fürs erste würde er seine Finger nur leicht unter die Spitze fahren lassen, während er sich von den Rundungen ihrer Pobacken zu ihrer Hüfte nach vorne bewegte. Er wollte ihr geschmolzenes Zentrum an seinen Fingerspitzen spüren, doch ihre Position war zu ungünstig, um sie richtig berühren zu können.

Also bewegte er sie. Hob sie grob an, um seinen Bedürfnissen zu entsprechen. Er fragte nicht und erklärte auch nicht, er nahm sie einfach und drehte sie auf seinem Schoß, sodass sie in die andere Richtung blickte. Sie hätte vielleicht protestiert, hätte er nicht unverzüglich seine Hand die Vorderseite ihrer Hose erforschen lassen.

Er umfasste ihren Hügel und sie gab ein sanftes Stöhnen von sich.

Heiß. Wie heiß sie doch an seiner Hand brannte, und

feucht. Ihre Erregung benetzte seine Finger. Sie genoss seine Berührung. Er konnte es an der Art sehen, wie sie sich an ihn lehnte, ihren Kopf auf seine Schulter legte und ihren Hals entblößte. Die pure Versuchung.

Wie sehr er sie beißen wollte. Löwen liebten es, beim Sex zu knabbern, besonders wenn sie zeigen wollten, was sie für sich beanspruchten.

Einen Augenblick lang übernahm rationales Denken die Oberhand und zügelte sein Verlangen, indem es ihn erinnerte, dass Kira ein Mensch war. Kira war nicht seine Gefährtin. Kira wand sich gegen seine Hand, was gleichzeitig bedeutete, dass ihr verlockender, runder Hintern gegen ihn rieb.

Die rationalen Gedanken verschwanden wieder, als das Verlangen die Oberhand gewann und sie ertränkten.

Nur ein wenig kosten. Er presste seine Lippen auf die zarte Säule ihrer Kehle und saugte an der Haut, während seine Finger gegen ihr Geschlecht drückten. Sie stieß einen leisen Schrei aus und er spürte die Reaktion in ihrem Geschlecht. Feuchte Hitze benetzte seine Finger und machte sie geschmeidig, perfekt, um sie über ihren geschwollenen Knoten des Vergnügens gleiten zu lassen.

Sie wurde noch kurzatmiger. Sie machte leise Geräusche, als sie sich wand. Er hielt sie an Ort und Stelle fest. Dass sie von ihrem Platz auf seinem Schoß aus gegen seine Erektion rieb, war bei Weitem keine so große Folter wie die Tatsache, dass er ihre Feuchtigkeit an seinen Fingern spürte und nicht in der Lage war, sie zu lecken.

Da Arik seine Zunge nicht in ihr Geschlecht vergraben konnte, gab er sich damit zufrieden, sie mit seinem Finger zu penetrieren. Er führte einen ein. Zwei. Die Wände ihres Kanals klammerten sich eng um ihn und sein Schaft wurde als Reaktion darauf noch härter. Wie sehr er sich danach sehnte, sich in ihrem einladenden Geschlecht zu vergraben. Wie sehr er es spüren wollte, wie sich die Wände ihres Kanals um seinen Schwanz verengten.

Aber ausnahmsweise ließ er sich nicht von seinen egoistischen Wünschen beherrschen. In diesem Fall kam ihr Vergnügen an erster Stelle. Er hatte vor, sie zum Höhepunkt zu bringen und jeden Moment davon auszukosten.

Während er an der weichen Haut ihres Halses saugte, stieß er mit seinem Finger immer wieder in sie. Eine langsame, gleichmäßige Penetration. Er genoss die Anspannung, die in ihre Gliedmaßen drang. Er stöhnte, als ihr Geschlecht an ihm sog.

Er brüllte fast, als ihr Orgasmus einsetzte und die Wellen ihres Vergnügens seine Finger drückten und sie in einer Creme aus Erotik einhüllten. Er konnte sich fast nicht zurückhalten, in ihren Hals zu beißen, und summte stattdessen seine Wertschätzung gegen ihre Haut.

Als ihr Zittern abklang und sein Schwanz, der begierig darauf wartete, an der Reihe zu sein, zuckte, zog er seine Finger aus ihrem bebenden Geschlecht und brachte sie an seinen Mund, um sie abzulecken.

Köstlich.

Und das war nur ein Appetithäppchen vor der Hauptspeise.

Er konnte die zweite Runde kaum erwarten. In einem Bett.

Er setzte eine benommene Kira auf den Beifahrersitz und schnallte sie an. Stolz durchfuhr ihn, als er ihren befriedigten Gesichtsausdruck sah. Verlangen pulsierte durch ihn bei dem Gedanken daran, was als Nächstes passieren würde.

Ungeduldig startete er seinen Truck und fuhr mit quietschenden Reifen vom Parkplatz. Je schneller er war, umso schneller würde er sie nackt sehen und ihr erneut süße, vergnügliche Geräusche entlocken und die Falte glätten, die sich über ihrer Augenbraue bildete.

Leider verschwor sich das Schicksal gegen ihn. Diese Schlampe. Sie steckte vermutlich mit den Frauen seines Rudels unter einer Decke.

Kapitel 10

Wieder in der Realität anzukommen, war scheiße. Obwohl die Fahrt kurz war, war sie immer noch so lange, dass Kira sich fragen konnte, was zum Teufel sie getan hatte und noch tun wollte.

Sie hatte sich von einem Kerl, den sie kaum kannte, in seinem Truck auf einem Parkplatz zum Orgasmus bringen lassen. Vor aller Augen! *Was stimmt nicht mit mir?*

Und warum war sie nicht erschütterter wegen ihres Tuns?

Das musste der schlimmste Teil sein. Sie empfand nicht einen Hauch von Scham, obwohl sie wie ein Flittchen gehandelt hatte. Trotz ihres Aufruhrs über ihr Tun gab sie ihm ihre Adresse, als er danach fragte. Kein Zögern. Auch wich sie nicht zurück, als er ihre linke Hand nahm und auf seinen muskulösen Oberschenkel legte. Er hielt sie dort fest, indem er seine eigene Hand darauf platzierte. Dieser intime Kontakt erregte sie.

Trotz des Höhepunkts, den sie gerade gehabt hatte, blieb ihr Verlangen nach ihm ungestillt. Wen interessierte es schon, dass sie ihn kaum kannte und er lediglich heißen

Sex wollte? Er bot ihr genau das, was sie wollte. Eine schöne Zeit ohne weitere Erwartungen. Angesichts der jüngsten Ereignisse konnte sie einen unbekümmerten Abend und etwas Spaß vertragen.

Zumindest wollte sie es, bis er vor dem Laden ihres Onkels anhielt. Es bedurfte nur eines Blickes nach draußen, um ihre Meinung zu ändern.

Es war nicht das große Fenster mit der blauen Schrift *Frisch aus dem Meer*, das ihre Aufmerksamkeit auf sich zog, oder die Vordertür des Ladens mit den Öffnungszeiten und einem *Geschlossen*-Schild. Stattdessen fokussierte sich ihr Blick auf die unscheinbare Tür daneben, die sie nach Ladenschluss benutzte, um in ihre Wohnung zu gelangen. Sie persönlich zog die Treppe innerhalb des Ladens vor, da die äußere Treppe sehr steil war. Aber wenn der Laden geschlossen war, musste sie auf den anderen Eingang ausweichen.

Doch es war nicht die Angst vor der ermüdenden Treppe, die ihr Verlangen abrupt versiegen ließ. Es war der Anblick von verschmierten roten Buchstaben auf der weißen Tür, die ihr Herz stillstehen ließen.

Verfluchte Schlampe. Nur eine Person hatte sie je so genannt.

Wie hatte *er* sie hier finden können? Sie war durch das ganze Land geflohen. Hatte ein Apartment ohne Mietvertrag bekommen. Nichts lief auf ihren Namen. Und doch, diese Nachricht, diese Dimension des Hasses ... Sie kannte nur eine Person, die das tun würde.

Zu wissen, dass Gregory vielleicht hier herumlungerte, tötete alle Gedanken ab, einen angenehmen Abend mit dem Mann an ihrer Seite zu verbringen. Sie konnte Arik nicht in dieses Chaos, besser bekannt als ihr Leben, hineinziehen. Aber welche Ausrede konnte sie nutzen, um Arik loszuwerden? Irgendwie schienen die Worte *Du musst gehen, weil mein Psycho-Ex mich vielleicht stalkt* keine schöne Art zu sein, einen Abend zu beenden, der eigentlich in ihrem Bett und mit viel weniger Kleidung am Leib hätte ausklingen sollen.

Ganz zu schweigen davon, dass Arik, da er ein Kerl war, wahrscheinlich auf Macho machen und darauf bestehen würde, sie zu beschützen. Männer liebten es, sich auf die Brust zu schlagen und ihre Überlegenheit kundzutun, was ja vielleicht sexy war – besonders mit nacktem Oberkörper –, aber nicht das, was sie gerade brauchte.

Wie sollte sie also das Knistern, das er noch fühlen musste, ersticken und entkommen? Sie wusste nur eine sichere Art, seine Libido zu dämpfen. Den ultimativen Weichmacher: die liebe Mom. „Shit, du kannst heute nicht mit nach oben kommen. Mir ist gerade eingefallen, dass ich meine Mutter anrufen muss. Sie hat ein paar prämenopausale Probleme, du weißt schon, Hitzeschübe und so. Ich habe ihr versprochen, dass wir heute reden. Das habe ich völlig vergessen. Es tut mir wirklich leid. Wir müssen das ein andermal machen", platzte sie in einem schnellen Strom von Wörtern heraus, während sie schnell aus Ariks Truck stieg.

Bevor sie sich vor die Tür stellen konnte, um das Graffiti zu verdecken, spürte sie eine Präsenz hinter sich. Furcht ließ sie quietschen, bis sie realisierte, dass es nur Arik war, der sich schneller als erwartet bewegt hatte. Irgendwie war er aus dem Wagen gestiegen, ohne dass sie es gehört hatte, und stand nun hinter ihr. Zu wissen, dass er es war, half jedoch nicht, ihr schnell schlagendes Herz zu beruhigen.

„Ich habe dir schon einmal gesagt, dass du mich nicht anlügen sollst."

Sie wirbelte herum und versuchte, sich vor das Beweisstück und den Grund für ihre Lüge zu stellen. „Okay, also vielleicht erwartet meine Mutter keinen Anruf. Ich wollte einfach deine Gefühle nicht verletzten, indem ich sage, dass ich es mir anders überlegt habe. Du weißt schon, das Privileg einer Frau." Es klang selbst in ihren Ohren schwach und ließ ihn einen Zentimeter zurückweichen.

Bernsteinfarbene Augen fixierten sie. „Geh aus dem Weg."

„Wieso?"

„Damit ich sehen kann, was du versteckst."

„Ich? Etwas verstecken?" Sie versuchte, unschuldig mit den Wimpern zu klimpern.

Es funktionierte nicht. Mit einer Hand an ihrer Taille hielt er sie fest und drückte sie aus dem Weg, womit er die triefende Nachricht in all ihrer profanen Hässlichkeit enthüllte.

„Was zum Teufel ist das?" Er deutet mit seinem Finger auf die Tür.

„Teenager, die die Wohnungspreise drücken", sagte sie gefolgt von einem dürftigen Versuch zu lachen.

Seinem finsteren Blick nach zu urteilen, kaufte er es ihr nicht ab. „Das ist keine zufällige Nachricht. Sie ist für dich und sie hat dich verängstigt."

„Nein, hat sie nicht." Sie hätte nicht so dumm sein sollen zu flunkern. Ihre Mutter hatte immer gesagt, dass sie nicht gut darin war.

Arik glaubte ihr nicht eine Sekunde lang. „Ich bin kein Idiot. Du hast Angst, weil du weißt, wer das getan hat."

„Vielleicht", wich sie aus. Er verschränkte die Arme und starrte sie an. Es beeindruckte sie. „Okay, ich habe eine Ahnung. Aber das sollte nicht möglich sein. Er sollte im Westen sein. Es ist unmöglich, dass er wissen konnte, wo ich bin."

„Mit *er* meinst du den Exfreund, mit dem es nicht gut ausgegangen ist?"

Sie zuckte mit den Achseln. „Es ist möglich, oder es ist wirklich nur zufällige Hinterhofkunst."

„Kunst sind eigentlich Bilder mit Initialen, nicht die Worte *verdammte Schlampe*, schon gar nicht mit Blut geschmiert."

Sie zuckte zusammen, als er es aussprach. Aber dann drangen die Worte ein. Blut? Sicherlich nicht. Sie biss sich besorgt auf die Unterlippe. „Wir wissen nicht, dass es Blut ist. Es könnte auch Ketchup sein."

„Ich arbeite mit Fleisch. Ich erkenne Blut, wenn ich es sehe. Hat der Kerl dich schon früher bedroht?"

Wie viel sollte sie ihm sagen? Arik wirkte bereits verdammt sauer. Jedoch nicht auf sie. Jemand war auf Testosteron, ein wahrer Mann, der auf eine erkannte Bedrohung reagierte. Süß, aber brauchte sie wirklich einen weiteren Mann in ihrem Leben, der Chaos verursachte? Selbst wenn Arik ihr Schutz anbot, war sie sich nicht sicher, ob sie seine Hilfe wollte. Ihn um sich zu haben, wo Gregory ihn möglicherweise sehen könnte, würde nur mehr Ärger verursachen.

Gregory hatte gewaltige Eifersuchtsprobleme. Nur einer der vielen Gründe, warum sie ihn abserviert hatte. Das Problem war nur, dass Gregory mit Ablehnung nicht gut umgehen konnte.

„Es ist nichts, worum du dir Sorgen machen musst. Das ist mein Problem und ich kümmere mich darum. Ich werde die Polizei benachrichtigen und sehen, ob die einstweilige Verfügung nur für meinen alten Wohnort gilt. Wenn ich sie nicht umschreiben kann, dann besorge ich mir eine neue. Problem gelöst."

Ein Muskel zuckte an seinem Kiefer. „Problem nicht

gelöst. Dieser Kerl ist offensichtlich irre, wenn er dir durch den halben Kontinent gefolgt ist, um dich zu bedrohen."

„Nun, ich würde das nicht gerade eine Bedrohung nennen, eher eine Meinung über meinen Charakter."

War das ein Knurren, das sie gehört hatte?

„Kira, warum spielst du das so herunter?"

„Weil das nicht dein Problem ist. Es ist meines, okay? Und eines, das ich offensichtlich hätte regeln sollen, anstatt davor davonzulaufen. Ich war dumm, ich dachte, wenn ich verschwinde, würde diese *Aus den Augen, aus dem Sinn*-Sache funktionieren. Dass Gregory mich in Ruhe lassen würde. Ich habe mich geirrt. Also werde ich mich jetzt darum kümmern. Alleine."

Seine Lippen verkrampften sich. „Nicht alleine."

„Doch, alleine. Das hat nichts mit dir zu tun. Wir sind kein Paar, erinnerst du dich? Was bedeutet, dass du kein Mitspracherecht in meinem Privatleben hast, und das hier ist privat. Also wenn du mich jetzt entschuldigst, ich gehe nach oben, rufe die Polizei und kümmere mich darum. Alleine."

Mit diesen Worten sperrte sie ihre Tür auf und trat in den kleinen Windfang. Sie drehte sich um, um die Tür hinter sich zuzuschlagen und sie abzusperren, während sie Ariks Blick durch das blutverschmierte Glas ignorierte. Und ja, er starrte. Still, aber trotzdem übermittelten seine Augen eine Nachricht, die sie zwischen ihren Schulterblättern spürte, als sie die Treppe hinauftrottete, und die sagte: *Du bist stur.*

Ja. Aber sie konnte nicht anders. Sollte er doch ihrer Mutter die Schuld geben, weil sie sie so erzogen hatte.

Als sie erschöpft am oberen Ende der Treppe ankam, da diese immer noch so steil wie beim ersten Mal war, konnte sie sich eingestehen, dass sie ein wenig Angst hatte, als die verschlossene Tür zu ihrer Wohnung sie verspottete. Was lag dahinter? Sicherheit, oder begab sie sich in Gefahr?

Vielleicht hätte ich Arik mit hinaufkommen lassen sollen, zur Sicherheit.

Ich bin ein großes Mädchen. Ich schaffe das. Sie und das Pfefferspray, das sie aus ihrer Handtasche holte. Sie hielt es sprühbereit vor sich hoch, als sie ihr Apartment betrat.

Niemand sprang sie an, was bedeutete, dass sie ihr Höschen nicht wechseln musste. Angespannt legte sie sofort den Lichtschalter um und erhellte den winzigen Eingangsbereich. Immer noch niemand, aber für ihren Geschmack gab es zu viele Schatten und dunkle Ecken, wo sich alles und jeder verstecken konnte.

Praktisch hyperventilierend schaltete sie jede einzelne Lampe ein, die sie besaß, selbst die Spiegelbeleuchtung im Badezimmer. Niemand lauerte in den Schatten, niemand sprang aus einem Wandschrank oder zog mit der Musik von *Psycho* im Hintergrund den Duschvorhang weg.

Die unberührte Wohnung hätte sie bestärken sollen, doch die Furcht wollte nicht verschwinden.

Er weiß, wo ich bin. Er hat nicht aufgegeben.

Was würde Gregory als nächstes tun?

Im Gegensatz zu dem, was sie Arik gesagt hatte, machte sie sich nicht die Mühe, die Polizei zu rufen. Sie wusste bereits, was sie sagen würden. Solange Gregory nichts machte, konnten sie nicht handeln. Die Schrift an ihrer Türe würde nicht zählen. Sie konnte nicht beweisen, dass er ihr die blutige Nachricht hinterlassen hatte, genauso wenig, wie sie all die anderen Dinge beweisen konnte, die er zuhause gemacht hatte – tote Blumen auf ihrer Türschwelle, aufgeschlitzte Reifen. Wenn es ums Stalken ging – und darum, Angst und Schrecken zu verursachen –, spielte Gregory ein zu gutes Spiel.

Alleine und ohne Hilfe erlag Kira schließlich der lähmenden Angst. Furcht bemächtigte sich ihrer Gliedmaßen und machte ihre Muskeln zu Gelee, woraufhin Kira zu Boden sackte. Aber sie bemerkte die Härte unter ihren Pobacken nicht, und auch nicht die Kälte des Putzes, als sie sich gegen die Wand lehnte – eine Wand, die verhindern würde, dass sich jemand von hinten an sie heranschlich. Sie zog ihre Knie an ihre Brust und umschloss sie mit den Armen. Dann wiegte sie sich langsam vor und zurück, während Tränen ihre Wangen hinab strömten. Erleichterung und Schrecken kamen zusammen.

Sie spielte vielleicht die starke, kompetente Frau gegenüber Arik, aber in Wahrheit war Kira zu Tode verängstigt.

Indem sie Hunderte von Meilen weggezogen war, hatte sie gehofft, ihre Vergangenheit endgültig hinter sich gelassen zu haben. Und für einen Augenblick, als Arik sie heute Abend verwöhnt und ihre Sinne verzückt hatte, hatte sie sich fast erlaubt zu denken, dass sie Arik ein wenig mehr als nur ihren Körper geben könnte. Dass sie vielleicht von vorne beginnen könnte.

Falsch. Sie konnte ihr altes Leben nicht so einfach hinter sich lassen. Nicht jetzt. Nicht mit Arik. Mit niemandem. Verdammt, wenn sie nicht den Verdienst aus dem Friseurladen brauchen würde, würde sie noch heute Nacht ihre Sachen packen und erneut fliehen.

Gregory war nicht ganz bei Sinnen, wenn es um sie ging. Er hatte das bereits bewiesen, als er ihren Haarsalon zuhause niedergebrannt hatte. Kira war es egal, was die Feuerwehr behauptete. *Ratten, die an den Kabeln genagt haben, für den Arsch.*

Würde ihr Exfreund ein zweites Mal auf denselben Trick zurückgreifen? Sie könnte es nicht ertragen, wenn ihr Großvater wegen ihr das Geschäft verlieren würde, in dem er die letzten vierzig Jahre gearbeitet hatte. Aber mit Gregory war alles möglich.

Was ist sein Plan? Was will er?

Er wusste, dass sie ihn nicht wollte, also warum ließ er sie nicht in Ruhe? Was würde er als nächstes tun? Er hatte ihr eine Nachricht hinterlassen, aber sie bezweifelte, dass das alles sein würde. Die Frage war nur, würde er sie in der Angst köcheln lassen, bevor er seinen nächsten Schachzug ausführte, oder setzte er den nächsten Teil seines Racheplans bereits in die Tat um?

Ich bin so dumm, weil ich hier bleibe. Sie hätte heute Nacht in ein Hotel gehen sollen. Aber dafür war es jetzt zu spät. Sie wagte es nicht mehr, die relative Sicherheit ihrer Wohnung zu verlassen.

Furcht hielt sie noch eine Zeit lang wach. Sie beobachtete das Fenster, über das sie Zugang zur Feuertreppe hatte, doch die hellen Lichter in ihrer Wohnung ließen sie abgesehen von der Spiegelung ihrer Wohnung nicht viel erkennen. Nach allem, was sie wusste, konnte er da draußen hocken und sie beobachten. Darauf warten, dass sie einschlief. Dass sie verwundbar war.

Sie zuckte jedes Mal zusammen, wenn das alte Gebäude seine knarzenden Geräusche von sich gab. Müdigkeit versuchte, sie zu übermannen. Sie nickte immer wieder ein, nur um erschrocken wieder aufzuwachen, im Glauben, dass er sie holen würde.

Der Morgen konnte nicht früh genug kommen. Und dann musste sie einige Entscheidungen fällen.

Kapitel 11

BESCHÜTZEN.

Das war Ariks zweiter Instinkt, nachdem er es geschafft hatte, seinen ersten zu kontrollieren, der brüllte: *Töten!*

Aber das war gegen die Gesetze der Menschen. Spielverderber.

Trotzdem, etwas musste getan werden. Man brauchte keinen sehr feinen Geruchssinn, um die Angst wahrzunehmen, die von Kira ausging. Eine einfache Schmiererei hätte nicht ausgereicht, um seine furchtlose Maus in Angst und Schrecken zu versetzen. Aber als sie zugegeben hatte, dass die Möglichkeit bestand, dass ein Exfreund die Drohung hinterlassen hatte, fing er an, sich ein Bild zu machen.

Ein Bild, für das weitere Informationen nötig waren. Aber er konnte sie nicht einfach von ihr verlangen, was der einzige Grund war, warum er sie alleine in ihr Apartment hatte flüchten lassen. Das widerstrebte ihm eigentlich, doch er ließ es zu und musste sich mit dem Wissen zufrieden geben, dass sie nicht weit weg war.

Aber logisches Denken beruhigte seine innere wilde Bestie nicht. Der Geruch von Blut, und nicht nur von einfachem Blut, sondern von dem eines Wolfes brachte ihn in Rage. Wer auch immer die Nachricht hinterlassen hatte, war ein Lykaner. Ein Feind. Einer, der es nicht nur gewagt hatte, *seine* Frau zu bedrohen, sondern es auch, in sein Territorium einzudringen.

Obwohl Arik nicht über das Wolfsrudel in der Stadt herrschte, war diese Gruppierung, von der nur wenige ein Stadtleben führten, nicht so dumm, ihn zu hintergehen.

Die Regeln besagten, dass Lykaner, die in die Stadt kamen, sich beim Rudelführer melden mussten. Dieser informierte daraufhin Arik, der als großzügiger König dem Besucher erlaubte zu bleiben, solang er oder sie sich benahm. Doch wenn man ihn herrsching ...

Sagen wir einfach, Arik setzte die Gesetze durch, die aufgestellt worden waren, um sie alle davor zu beschützen, entdeckt zu werden. Die Tatsache, dass jemand es wagte, aufzutauchen und Unheil zu stiften, gefiel ihm gar nicht. Besonders weil es bedeutete, dass Kira es mit mehr als nur einem gewöhnlichen Exfreund zu tun hatte, der sich weigerte loszulassen.

Jemand anderes versucht, sie für sich zu beanspruchen. Aber er würde scheitern. Dafür würde Arik sorgen.

Arik musste seinen Löwen ignorieren, der schnaubte und nervös herumwetzte und verlangte, dass sie beide – Mann und Löwe – ihr folgten und in ihrer Nähe blieben. Ein Instinkt, den er über die Jahre hinweg geschärft hatte, sagte ihm, dass sie in ihrer Wohnung sicher war. Das Schloss zeigte keine Spuren von Manipulation und eine schnelle Überprüfung der Gasse hinter ihrer Wohnung ließ keine fremde Duftspur, die etwa die Feuerleiter hinaufführte, erkennen. Der Wolf hatte lediglich seine Nachricht hinterlassen und war gegangen.

Aber wenn es um Kira ging, waren Vermutungen nicht

genug. Er musste sich sicher sein. Musste wissen, dass sie sicher war.

Dazu erklomm er das klapprige Metallgerüst, das die Brandschutzverordnung erforderte, wobei er sich von dem gut beleuchteten Fenster im ersten Stock fernhielt. Ein kurzer Blick hinein zeigte eine kleine, einfach eingerichtete Wohnung. Er sah keine Zeichen von Gewalt und hörte nichts außer leisem, herzzerreißendem Schluchzen.

Sie weint. Ein stilles Brüllen der Frustration.

Wie sehr er sich im Zaum halten musste, um nicht in Kiras Apartment zu stürmen, sie in seine Arme zu schließen und ihr zu versprechen, dass es nichts gab, wovor sie sich fürchten musste. Aber sie hatte deutlich gemacht, dass sie alleine sein wollte, und einzubrechen würde nicht helfen, ihre Angst zu lindern. Und da sie sich an ein Pfefferspray klammerte, könnte sich jeder Versuch, ihr nahe zu kommen, als unangenehm für sie beide erweisen.

Stattdessen würde er ihr heimlicher Beschützer sein, der draußen Wache hielt. *Keine Angst, Maus. Ich passe auf dich auf. Dir wird nichts geschehen.* Er konnte dasselbe aber nicht für den Kerl, der ihr Angst einjagte, versprechen.

Ein Kerl, der einen Namen und ein Gesicht haben musste. Arik tätigte einige Anrufe, und nein, es war ihm egal, dass es spät war und die Leute vielleicht schon schliefen.

Wenn sie für ihn arbeiteten, waren sie vogelfrei.

„Hayder." Er gab sich nicht mit Nettigkeiten ab, als sein Stellvertreter abhob. „Du musst so viel über Kira herausfinden, wie du kannst ..." Er hielt inne, als er realisierte, dass er nicht einmal ihren Nachnamen kannte. Verdammt.

„Kira wer?"

„Ich kenne ihren Nachnamen nicht, aber er sollte nicht

zu schwer herauszufinden sein. Sie ist Dominics Enkelin und vor kurzem aus dem Westen hergezogen."

„Darf ich fragen, warum du einen Background-Check über das Mädchen möchtest?"

„Weil ich es sage."

„Entschuldigung, Mr. Großmächtig, dass ich es gewagt habe, eine Frage zu stellen."

„Nicht entschuldigt, aber ich sage dir, warum ich diese Informationen will, da es hilfreich sein könnte. Es sieht so aus, als wäre ihr Exfreund aufgetaucht und würde sie stalken. So wie es sich anhört, ist er ein übler Kerl. Er denkt, dass es akzeptabel ist, Frauen zu terrorisieren. Ich würde ihn gerne finden und ihm zeigen, dass das eine schlechte Idee ist." Ihm auf langsame, quälende Weise zeigen, warum niemand das bedrohen durfte, was er als sein ansah.

„Du weißt, dass Mord gegen das Gesetz ist", erinnerte ihn Hayder.

„Nur, wenn sie einen Leichnam finden."

„Gutes Argument. Hast du irgendwelche Anhaltspunkte bezüglich des Kerls?"

„Nicht viele. Sie hat den Namen Gregory benutzt und gesagt, dass sie ihn mit ihm zusammen war, als sie noch im Westen lebte. Oh, und sie hat eine einstweilige Verfügung gegen ihn erwirkt. Und er ist ein Wolf."

„Ein Lykaner wagt es, in unser Territorium zu kommen?" Hayders Tonfall änderte sich. Arik war nicht der Einzige, der Eindringlinge nicht mochte.

„Unverfroren, und jetzt bedroht er eine Frau. Ich will, dass er gefunden wird. Ich habe dir genug Informationen gegeben, damit du etwas über ihn in Erfahrung bringen kannst. Ich will ein Bild von diesem Arschloch und weitere Details."

„Morgen früh hast du etwas auf deinem Schreibtisch."

Morgen früh war noch weit weg. „Du lieferst mir etwas in der nächsten Stunde."

„Dafür bezahlst du mir nicht genug", knurrte Hayder.

„Ich lasse dich leben. Das ist Belohnung genug."

Da Hayders Aufgabe geklärt war und seine Wut immer noch loderte, rief Arik als nächstes Leo an. „Wenn du nicht in den Nachrichten hören willst, dass ein Löwe in der Stadt Amok läuft, schwing deinen Arsch hierher. Und bring eine Flasche Putzmittel und einige Lumpen mit." Er ratterte die Adresse herunter und legte dann auf.

Während er auf Leo wartete, tat er sein Bestes, um seine wütende Bestie unter Kontrolle zu bringen. Aber obwohl er seinen Löwen im Zaum halten konnte, war seine menschliche Seite ebenfalls sehr aufgewühlt.

Jemand hatte Kira bedroht. Sie konnte ihm sagen, dass es ihn nichts anging, aber er würde nicht hören. Gerade war sie oben und weinte. Seine temperamentvolle, forsche Maus weinte.

Sehr.

Er hatte ihren Wunsch, heute Nacht allein zu sein, respektiert, da auch er Arbeit zu erledigen hatte, wie etwa dafür zu sorgen, dass er keinen Amoklauf veranstaltete – oder an jede Wand pinkelte, damit der Wolf, falls er zurückkommen sollte, wusste, dass er den Unmut dieses Alphas heraufbeschworen hatte. Doch das würde die letzte Nacht sein, die er und Kira getrennt voneinander verbringen würden.

Ich habe meine Gefährtin gefunden. Und von jetzt an würde sie nie wieder alleine sein.

Als sie durch seine Berührungen zum Orgasmus gekommen war, war es um ihn geschehen. Mensch oder nicht, Kira gehörte zu ihm, was jede Menge Probleme verursachen würde, besonders mit den Frauen seines

Rudels. Aber das würde er irgendwie regeln können. Schließlich war er der Boss – auch wenn sie das von Zeit zu Zeit gerne vergaßen.

Auf dem Bürgersteig vor dem Gebäude auf und ab schreitend, hörte er ein Summen, bevor er Leo auf seiner vollausgestatteten Honda Goldwing eintreffen sah. Harley-Besitzer würden wahrscheinlich die Nase über Leos Wahl rümpfen, aber nur einmal hatten ein paar Idioten es gewagt, ihm ihre Meinung ins Gesicht zu sagen. Komisch, wie schnell sich die Legende verbreitet hatte, dass er damals deren Bärte zusammengeknotet hatte. Leos Version poetischer Gerechtigkeit.

Der große Mann stieg von seinem Motorrad und trottete zu Arik herüber, der stehengeblieben war, um die widerliche Tür anzustarren.

„Das ist nicht sehr nett", merkte sein Omega an.

„Was du nicht sagst", war Ariks ruppige Antwort.

„Weiß ich, wer hier wohnt?"

„Nicht wirklich, aber du hast von ihr und ihren Fähigkeiten mit einer Schere gehört."

„Ich nehme an, du meinst die Friseurin. Ist das ihre Tür?"

„Ja, das ist ihre Tür. Sie ist oben und weint wegen dem Arschloch, das dies hier hinterlassen hat." Arik schlug mit seiner Faust in die Handfläche seiner anderen Hand.

„Deiner aktuellen Wut nach zu urteilen, nehme ich an, dass dein Abendessen besser als erwartet gelaufen ist."

„Ich würde es kaum besser nennen. Ich habe Kira nach Hause gebracht und hatte mich auf einen Abend voller ... – sagen wir einfach Spaß – gefreut. Aber sie hat mich abserviert, weil sie völlig verängstigt wegen irgendeines Penners war."

„Und du hast niemanden getötet?" Leo zog seine Augenbrauen hoch. „Ich bin so stolz auf dich."

„Zügle deinen Sarkasmus. Ich habe dich hergerufen, damit du mich davon abhältst, etwas Drastisches zu tun. Deine Bemerkungen helfen nicht."

„Wenn du das Verlangen verspürst, auf etwas einzuschlagen, bin ich für dich da. Und wenn du dich dadurch besser fühlst, schlage ich auch zurück."

„Ich denke nicht, dass das nötig ist." Arik musste keine nähere Bekanntschaft mit dem Bürgersteig machen. Alpha des Rudels zu sein, machte Arik vielleicht stark, aber wenn es um rohe Gewalt ging, übertraf Leo sie alle.

Der Löwe-Tiger-Mischling war ein großer Bastard, aber glücklicherweise hatte er kein Interesse an Macht oder daran, das Rudel zu führen. Leo liebte seine Rolle als Omega. Er war ein Kerl, der mit einem einzigen Blick und dem Knacken seiner Fingerknöchel jede hitzige Situation beruhigen konnte. Oder, falls nötig, ein paar Köpfe zusammenstieß.

„Ich habe dir das Beste noch nicht erzählt."

„Der Kerl ist ein Wolf. Der Geruch des Blutes hat es verraten. Weiß sie es?"

„Ich bezweifle es. Aber andererseits hatte ich nicht wirklich eine Gelegenheit, sie zu fragen. Wenn sie nichts von unserer Art weiß, dann wird die Frage, ob ihr Ex zufällig ein Werwolf ist, totsicher dafür sorgen, dass sie mich nie wieder sehen will." Als würde er das zulassen.

„Wiedersehen? Das Mädchen muss es dir wirklich angetan haben."

Das hatte sie. Aber er war nicht in der Stimmung, jetzt darüber zu diskutieren. „Hast du das Putzzeug mitgebracht?", fragte Arik.

„Ja, aber sollten wir die Nachricht nicht für die Polizei stehen lassen? Sie werden Bilder für ihren Bericht wollen."

„Sie ruft sie nicht an." Als sie es vorgeschlagen hatte, hatte er an der gleichgültigen Art erkannt, dass sie bereits wusste, dass es nichts bringen würde. Das einzige, was sie vielleicht erreichen konnte, war, dass irgendein desinteressierter Beamter ihre Aussage aufnahm. In den Augen der Polizei war das kein richtiges Verbrechen. Bis nicht echte Gewalt im Spiel war, würden sie nicht eingreifen.

Gewalt. Sein Löwe begrüßte das von ganzem Herzen, würde es aber auf so eine Weise machen, dass Kira es nicht herausfinden würde. Er hatte das Gefühl, dass sie bereits genug erlebt hatte.

Trotz der kurzen Zeit, die sie sich kannten, wusste Arik bereits, dass Kira nicht die Art Frau war, die sich von belanglosen Drohungen einschüchtern ließ oder ihr Leben aufgeben und an einem anderen Ort neu beginnen würde, wenn nicht etwas wirklich Schlimmes passiert wäre. Lediglich etwas Lebensbedrohliches würde Kira auf diese Weise reagieren lassen.

Und vor weniger als einer Stunde war ihm recht gegeben worden.

In Hayders Stimme war nicht der geringste Hauch eines Scherzes zu hören, als er anrief und erzählte, was er herausgefunden hatte. „Ich habe, worum du mich gebeten hast, Alter. Und es war nicht einfach. Diese Kira-Braut ist zwar Dominics Enkelin, doch sie haben unterschiedliche Nachnamen. Aber als ich das herausgefunden hatte, war es einfach, sie aufzuspüren. Deine Freundin ist nicht in den sozialen Medien oder anderswo online aktiv. Glücklicherweise habe ich einen Cousin zweiten Grades mütterlicherseits, der für die Polizei im Westen arbeitet. Er war in der Lage, in der Polizeidatenbank ihren Namen zu finden."

„Und?"

„Ist Leo da?" Hayder hielt ihn hin, was kein gutes Zeichen war.

„So schlimm?"

„Hängt davon ab, wie man es betrachtet. Anscheinend war ihr Exfreund ziemlich fleißig. Zumindest laut Kira. Es ist nie etwas Konkretes bewiesen worden, trotz der vielen Polizeiberichte und Ermittlungen. Gregory hat schon öfter nicht-so-nette Nachrichten für Kira hinterlassen. Sie hat die Polizei ein paarmal wegen tätlichen Übergriffen gerufen, aber es wurde nie Anklage erhoben, da Beweise wie Blutergüsse fehlten. Ich nehme an, dass Gregory Freunde bei der Polizei hatte. Aber selbst sie konnten ihn nicht raushauen, als er sie in der Arbeit belästigte. Laut Augenzeugen ist er aufgetaucht und hat herumgebrüllt. Sie hat ihm gesagt, er solle verschwinden, aber er wollte nicht hören. Mehrere Leute behaupteten, dass er sie geschüttelt und gegen eine Wand geworfen hat. Danach hat ihr ein Richter eine einstweilige Verfügung ausgestellt, die ihm verbietet, sich ihr auf weniger als fünfzehn Meter zu nähern, inklusive ihrer Wohnung, des Hauses ihrer Eltern und ihrem Arbeitsort."

„Mit anderen Worten, das Arschloch will einfach nicht loslassen."

„Es wird noch schlimmer. Die einstweilige Verfügung hat ihn nur sauer gemacht. Danach sind die Dinge eskaliert. Er hat sie vor ihrem Haus angegriffen und ihr ein blaues Auge verpasst. Vermutlich wäre noch Schlimmeres passiert, wenn ein Passant nicht eingegriffen hätte. Dafür wurde er einige Tage in Untersuchungshaft gesteckt und weitere Anklagen wurden erhoben, doch er wurde auf Kaution entlassen. Während dieser Zeit brannte der Haarsalon ab, den sie besaß und in dem sie arbeitete. Trotz Kiras Behauptungen, dass er es war, fanden die

Ermittler keine konkreten Beweise, die Gregory mit dem Vorfall in Verbindung brachten. Es wurde kein Brandbeschleuniger gefunden und die Ursache wurde einem von Ratten verursachten Kabelbrand zugeschrieben. Ohne stichhaltige Beweise wollte die Polizei ihn nicht einsperren."

Und so konnte er fliehen.

„Hast du ein Bild für mich?" Damit Arik das Gesicht des Mannes sehen konnte, den er umbringen würde. Seine Frau terrorisieren? Das würde nicht passieren. Abschaum wie dieser verdiente es nicht, dieselbe Luft wie alle anderen zu atmen.

„Ich habe ein paar Bilder. Ich schicke sie dir in ein paar Sekunden aufs Handy."

„Gut. Danach will ich, dass du Sicherheitsleute engagierst."

„Menschliche oder rückst du etwas mehr Kohle für die Meute raus?"

Die Meute war ein Rudel Lykaner, die einen saftigen Preis für ihre Dienste verlangten. Das Problem war nur, dass er nicht wollte, dass diese spitzen Köter in der Nähe seiner Frau herumschnüffelten, auch wenn sie die bessere Wahl wären. Doch da er Kira gegen einen ihrer Art schützen musste, würde er seine Eifersucht hintanstellen müssen. „Heure die Meute an. Aber sag ihnen, dass sie keinen Kontakt mit ihr haben dürfen. Ich will nicht, dass sie ahnt, dass sie beobachtet wird. Ich will eine Rund-um-die-Uhr-Überwachung ihrer Wohnung und ihres Arbeitsplatzes. Wir wollen nicht, dass dieses Arschloch erneut Brandstiftung begeht.

„Willst du Personenschutz für sie?"

„Nein. Darum kümmere ich mich." Das war etwas, das er selbst übernehmen wollte.

Bei Kira war er die einzige Person, die ihr nahekommen sollte.

Und bezüglich Gregory ... Arik hinterließ seine eigene Nachricht, sollte der Wolf wieder hier herumschleichen. Eine althergebrachte Nachricht, die Leo die Nase rümpfen ließ. „Musstest du wirklich an ihr Haus pinkeln?"

Ähm, ja. Wie sonst sollte er in einem Aufwasch seine Visitenkarte hinterlassen und den Druck auf seiner Blase lindern?

Kapitel 12

Mit geröteten Augen und Schmerzen von der auf dem Fußboden verbrachten Nacht wachte Kira auf. Bald würde sie das Haus verlassen müssen. Doch sie hatte Angst hinauszugehen. Draußen gab es zu viele Orte, an denen Gregory sich verstecken und sie angreifen konnte. Draußen würde sie die böse Nachricht wieder sehen, eine Nachricht, die auch ihr Onkel bemerken würde, wenn er in den Laden kam. Eine sichtbare Drohung, die einer Erklärung bedurfte.

Wenn sie sich nur weiter verstecken und so tun könnte, als wäre nichts davon passiert. Aber es zu ignorieren würde es nicht ungeschehen machen. Doch sie konnte sich verstecken. Dieses Mal würde sie nicht an einen Ort fliehen, wo sie Familie hatte. Sie würde irgendwohin gehen, wo niemand auch nur ihren Namen kannte.

Dieses Mal werde ich wirklich neu anfangen. Wie sie es von Anfang an hätte tun sollen.

Sie hätte es besser wissen sollen. Durch ihre Dummheit, schnell fliehen zu wollen, hatte sie ihre Familie in Gefahr gebracht. Das würde nicht wieder passieren.

Sie würde verschwinden, sobald sie ihren Gehaltsscheck vom Friseursalon hatte. Sobald sie ihn zu Bargeld gemacht hatte, würde sie zurückkommen, ihre gepackte Tasche holen und ein Taxi zum Flughafen rufen. Sie würde in ein Flugzeug zum erstbesten Ort steigen. Und sobald sie dort war, würde sie einen weiteren Flug buchen, um ihre Spuren zu verwischen.

Die Feigheit davonzulaufen tat weh, aber die Angst, dass ihre Familie verletzt werden könnte, erwies sich als stärker als ihre Schande.

Da der Fischladen schon geöffnet haben würde, da ihr Onkel ein Frühaufsteher war, nahm sie die innere Treppe, um hinunter zu gehen, wodurch sie den Anblick der blutverschmierten Tür noch hinauszögern konnte. Unten angekommen hielt sie inne und atmete ein paarmal tief durch. Was würde sie ihrem Onkel sagen? Wie sollte sie die böse Nachricht an der Tür erklären?

Oder könnte sie sich hinausschleichen, wenn er nicht hinsah?

Aus der Sicherheit des Lagerraums blickte sie durch den Türrahmen, der in den Laden führte. Ihr Onkel diskutierte gerade mit dem Radio, als der Sprecher die Spielstände verkündete. Als er sich bückte, um die Innenseite der Glasvitrine auszuwischen, stürmte sie vorbei.

„Morgen, Kira", sagte er mit durch das Glas gedämpfter Stimme. „Was ist mir deiner Tür passiert?"

Sie antwortete nicht, schenkte ihm nur ein fahles Lächeln und blieb nicht stehen. Ihr Onkel verdiente eine Antwort, aber sie war sich nicht sicher, was sie sagen könnte, ohne in Tränen auszubrechen. Da er ein netter Kerl war, würde er darauf bestehen zu helfen, und das würde alles nur noch schlimmer machen, da er dann in das Drama ihres Lebens mit hineingezogen würde.

Es war besser weiterzulaufen. Sie stieß die Tür zum

Bürgersteig auf und hyperventilierte, als die Angst sie plötzlich einholte.

Was, wenn Gregory auf mich wartet? Kaum hatte sie einen Fuß nach draußen gesetzt, erstarrte sie, als sie sich umblickte.

Auf dem Gehsteig waren keine Stalker zu sehen, nur ganz normale Fußgänger. Alles wirkte so normal, so harmlos. Sie hielt die Hand in ihrer Handtasche vergraben, um ihr Pfefferspray nicht loslassen zu müssen. Sie würde sich nicht unvorbereitet erwischen lassen.

Sich wappnend blickte sie zu der Tür, die das Ende ihres kurzen neuen Lebens eingeleitet hatte. Nur dass die böse Nachricht nicht da war.

Sie blinzelte und blickte erneut darauf. Immer noch nichts.

Klebrige, frische Farbe begrüßte ihre Finger, als sie die makellose weiße Oberfläche der Tür berührte und sie ihr Spiegelbild in dem strahlendsauberen Glas sehen konnte.

Ein Schatten stand über ihr. „Vielleicht braucht sie noch einen zweiten Anstrich."

Sie stieß einen scharfen Schrei aus, als Arik scheinbar aus dem Nichts auftauchte. Wie ein Mann seiner Statur sich an sie heranschleichen konnte, verwirrte sie.

„Jemand sollte dir wirklich ein Glöckchen umbinden", murmelte sie.

„Aber dann würdest du wissen, wenn ich komme."

„Was ich *wissen* möchte ist, was du hier machst."

„Ich wollte nur sichergehen, dass es dir gut geht. Nach deiner abrupten Flucht gestern Nacht und dem unangenehmen Vorfall mit dem Graffiti war ich besorgt."

Wenn sie ein Eisblock gewesen wäre, wäre sie geschmolzen. Aber so wurden ihre Knie weich. „Das ist süß, aber wie du sehen kannst, geht es mir gut und ich denke, ich schulde dir Dank, weil du meine Tür gestrichen hast."

Er winkte ab. „Nichts zu danken. Die Nachricht hat mich gestört. Also habe ich mich darum gekümmert."

„Trotzdem danke. Es war lieb von dir. Und jetzt musst du mich entschuldigen, ich muss zur Arbeit."

„Viele Termine?", fragte er. Er ließ seinen Wagen am Straßenrand stehen und marschierte neben ihr her, als sie losging.

„Nicht wirklich."

„In diesem Fall ... warum machen wir nicht einen Zwischenstopp in dem Café gegenüber von deinem Arbeitsplatz und frühstücken?"

„Ich kann nicht."

„Mittagessen?"

Sie schüttelte den Kopf.

„Abendessen." Eine Aussage, keine Frage.

Sie stoppte und drehte sich zu ihm. „Hör zu, Arik. Du bist wirklich ein netter Kerl und gestern Abend hat wirklich Spaß gemacht, und wenn ich bleiben würde, würde ich –"

„Was meinst du, mit wenn du bleiben würdest?

Komisch, wie seine Stimme so seltsam knurrend wurde, wenn er sich über sie aufregte.

„Nach dem, was passiert ist, kann ich nicht hierbleiben. Ich gehe weg. Heute. Wahrscheinlich in den nächsten zwei oder drei Stunden. Sobald ich meinen Gehaltsscheck eingelöst habe, fahre ich zum Flughafen."

„Um wohin zu fliegen?"

Sie zuckte mit den Achseln. „Das weiß ich noch nicht. Ich dachte, je weniger ich plane, umso geringer ist die Chance, dass mein Ex mich wieder findet."

Seine Augenbrauen zogen sich zusammen. „Du rennst wegen ihm weg?"

„Das ist das Sicherste, nicht nur für mich, sondern auch für den Rest meiner Familie."

„Das ist dumm."

Die schonungslose Aussage schmerzte etwas. „Für dich mag das so aussehen." Für sie war es der einzige Plan, der Sinn ergab und der ihre Familie nicht in Gefahr brachte.

„Du denkst nicht vernünftig. Davonlaufen wird nicht dafür sorgen, dass der Kerl verschwindet."

„Wenn ich nicht hier bin, wird er keinen Grund haben zu bleiben."

„Oder er wird deiner Familie nachstellen und versuchen, sie dazu zu zwingen, deinen Aufenthaltsort preiszugeben, wenn er dich nicht finden kann."

„Das würde er nicht –"

„Was? Sie verletzen? Sie bedrohen? Bist du dir da sicher? Willst du dieses Risiko wirklich eingehen?"

Sie schloss die Lippen, als seine Argumente sie trafen. Wie konnte er es wagen, den einzigen Plan zu durchkreuzen, den sie hatte?

Seine Stimme wurde sanfter. „Ich will dir keine Angst machen, Kira. Du hast offensichtlich schon genug durchgemacht. Aber lass uns ehrlich sein. Dieses Arschloch ist verzweifelt. Und verzweifelte Kerle machen unvorhersehbare Dinge."

„Und was schlägst du dann vor? Hier bleiben und hoffen, dass ich nicht als Zeitungsartikel ende? *Leiche von Friseurin gefunden, Opfer eines psychopathischen Exfreundes.*"

Ariks Augen funkelten golden, als sie die Morgensonne einfingen. „Ich werde nicht zulassen, dass er dir etwas tut."

Ein verbittertes, frustriertes Lachen verließ ihre Lippen. „Und wie willst du ihn aufhalten? Du kannst nicht vierundzwanzig Stunden an mir kleben."

„Willst du wetten?"

Komisch, er klang überaus ernst. Aber sie war eine Fremde für ihn. Ein niemand. Ein CEO seines Kalibers hatte wichtigere Dinge zu erledigen, als den Babysitter für eine Friseurin zu spielen. „Mach dich nicht lächerlich."

„Ich finde nicht, dass es lächerlich ist, dich beschützen zu wollen. Eigentlich würde fast jeder das ritterlich nennen."

Das stimmte, aber sie kam nicht umhin, sich nach seinen Motiven zu fragen. „Warum sorgst du dich überhaupt so sehr um mich? Wir kennen uns kaum. Wir haben uns bis zum Abendessen gestern sogar gehasst." Viel hatte sich seitdem verändert. Jetzt hassten sie sich nicht, aber sie konnte nicht wirklich sagen, was sie für ihn empfand oder er für sie? Verlangen, ja. Faszination ebenfalls. Aber mehr als das?

„Du weißt, was man über Hass sagt."

Ja, sie wusste es, aber er war sicherlich nicht so arrogant zu glauben, dass sie ihn liebte, und sie war auch nicht so naiv, auch nur eine Minute zu glauben, dass er sie liebte.

„Diese ganze Unterhaltung ist verrückt. Und ich vergeude Zeit. Ich muss weiter."

„Wenn du darauf bestehst. Lass mich dich fahren."

„Es ist nicht weit."

„Nein, ist es nicht. Aber angesichts der möglichen Gefahr solltest du nicht alleine gehen. Ob du also mit mir fährst oder gehst, ist egal. So oder so begleite ich dich."

„Du bist so stur wie ein Esel."

„Ich ziehe beharrliches Kätzchen vor."

Kätzchen? Arik hatte ein zu imposantes Auftreten für etwas so Zahmes wie eine Katze.

„Also, was nun, Maus? Gehen wir oder soll ich dich mit Stil fahren?"

Letztendlich wählte sie Bequemlichkeit und bereute es sofort, als sie sich auf dem dekadent warmen Beifahrersitz niederließ. Die Fahrgastzelle seines Trucks war, obwohl geräumig, immer noch ziemlich beengt – und intim. Sein Duft, sein Deodorant und seine allgemeine Essenz umgaben sie, erinnerten sie daran, was letzte Nacht in genau diesem Fahrzeug passiert war.

Als sie auf seine Hände am Steuer starrte, kam sie nicht umhin, daran zu denken, was diese Hände letzten Abend mit ihr gemacht hatten. Wie er ihr solches Vergnügen bereitet hatte. Die Erinnerung durchströmte sie und ein Zittern ging durch ihren Körper, während das Verlangen zwischen ihren Schenkeln pochte. Es erschreckte Kira, dass ihr Verstand so einfach abgelenkt werden konnte, besonders zu einer Zeit wie dieser. Sie zwang sich wegzublicken.

Doch ihr Bewusstsein für seine Präsenz wurde dadurch nicht geringer.

Gut, dass er es nicht zu bemerken schien. Seine Augen blieben auf die Straße gerichtet und er behielt seine Hände – leider – bei sich.

Nicht in der Stimmung zum Reden spielte sie mit einem losen Faden an ihrer Jeans und achtete nicht wirklich auf die Route, bis sie realisierte, dass sie schon eine Weile gefahren und immer noch nicht angekommen waren.

Sie blickte durch die Windschutzscheibe und runzelte die Stirn. „Wo sind wir? Das ist nicht der Weg zum Friseursalon."

„Nein, ist er nicht."

„Fährst du einen Umweg? Versuchst du, Gregory abzuschütteln, falls er uns folgt?" Sie streckte den Hals, um sich umzusehen, und fragte sich, ob eines der Fahrzeuge hinter ihnen von ihrem Exfreund gesteuert wurde. Plante er gerade, sie zu rammen und bei einem Autounfall zu töten?

Würde er sie von einer Brücke stoßen? Das Feuer eröffnen? Oder ...

Sie schloss die Tür zu ihrer überaktiven Vorstellungskraft, die mehr Filmhandlungen durchspielte als ihr paranoides Gehirn verkraften konnte.

„Wir fahren nicht wirklich zum Friseursalon."

Ariks Worte durchdrangen sie und sie wandte ihm ihre ganze Aufmerksamkeit zu. Seine bernsteinfarbenen Augen blickten kurz in ihre, wobei sie erneut von seinem guten Aussehen überwältigt wurde – und seinem arroganten Lächeln.

„Was meinst du mit wir fahren nicht dorthin? Wohin bringst du mich?" Hoffentlich nicht an einen abgeschiedenen Ort, wo er sie töten und ihre Leiche entsorgen konnte. Da Gregory aufgetaucht war und einen wahrscheinlichen Verdächtigen abgab, sah Arik nun vielleicht den perfekten Moment, um sich für seine Haare zu rächen. Es wäre nicht das erste Mal, dass ihr schlechtes Urteilsvermögen bei Männern dazu geführt hatte, vom Regen in die Traufe zu geraten.

Sie gab sich mental eine Ohrfeige.

Nicht alle Männer sind Psychopathen. Sie bezweifelte, dass der CEO einer milliardenschweren Firma insgeheim ein Serienmörder war. Aber sie musste sich über seinen Plan wundern, als er antwortete.

„Wir fahren in meine Eigentumswohnung."

Seine Eigentumswohnung? Was wahrscheinlich einen Ort mit einem Bett und Privatsphäre bedeutete. Einen komfortablen Ort, wo sie dort weitermachen könnten, wo sie gestern Nacht aufgehört hatten. Nicht gerade der schlechteste Plan, und doch ... „Du kannst doch in einer solchen Zeit nicht daran denken, mich zu verführen. Ich vermute, dass du immer noch leicht dicke Eier haben musst, wenn man bedenkt, wie unser Abend geendet hat, aber wirklich, was lässt dich glauben, dass ich in der Stimmung bin, mit dir Sex zu haben?"

Er lachte so heftig, dass der Wagen schwankte, und sie quietschte, als sie sich am Türgriff festklammerte.

„Du denkst, ich bringe dich dorthin, um dich zu verführen?"

Sein ungläubiger Tonfall ließ sie verärgert die Stirn runzeln. „Naja, was sollte ich sonst denken? Ich sage dir, dass ich in die Arbeit muss, um meinen Gehaltsscheck zu holen, damit ich verschwinden kann, und du entscheidest dich ohne mich zu fragen in deine Junggesellenbude zu fahren. Ich weiß nicht, was daran lustig ist."

„Zum einen, obwohl wir sehr wahrscheinlich Sex haben werden, und das mehr als einmal, ist der Grund, warum ich dich dorthin bringe, zuallererst deine Sicherheit. Mein Gebäude ist rund um die Uhr ausgezeichnet abgesichert."

„Und was ist der andere Grund?"

„Ist deine Sicherheit nicht genug?"

Sie schüttelte den Kopf.

„Wie wäre es damit, dass ich mich dazu entschieden habe, dich nicht aus den Augen zu lassen?"

Sie musste einfach fragen: „Warum?"

„Weil du mein bist."

Besitzergreifend. Nüchtern erklärt. Und überaus unerwartet.

Sie blinzelte und versuchte, das zu verarbeiten. Es gelang ihr nicht. „Entschuldigung? Hast du gerade gesagt, dass ich dein bin?"

„Ja."

Sie hätte ihn für seine Frechheit ohrfeigen sollen, anstatt ihn mit Küssen überhäufen zu wollen. Sie versuchte, die Freude über seine besitzergreifenden Worte abzuschütteln. „Du weißt, dass die Sklaverei abgeschafft wurde. Du kannst Leute nicht besitzen."

„Wer sagte etwas davon, dass du eine Sklavin wärst? Ich kann dir versprechen, wenn du mein bist" – sie bemerkte, dass er *wenn* und nicht *falls* benutzte – „wirst du keine Hausarbeit machen müssen. Ich habe mehr als genug Angestellte, die dir jeden Wunsch erfüllen werden. Naja, bis auf deine leidenschaftlichen Wünsche. Um die werde ich mich selbst kümmern."

„Also soll ich deine Sexsklavin sein? Wie ist das besser?"

„Maus, du hast einige sehr verkorkste Vorstellungen, wenn es um Männer geht. Wenn ich *mein* sage, meine ich, dass du meine Frau bist. Meine Gefährtin."

„Ähm, das klingt irgendwie dauerhaft. Ganz zu schweigen von etwas übereilt. Ich meine, hast du mir nicht erst gestern gesagt, dass du mich als deine Mätresse willst und nicht nach einer Beziehung suchst?"

„Ich habe es mir anders überlegt."

„Nur Frauen haben dieses Privileg."

„Ich bin der Boss, manche nennen mich sogar König." Er zwinkerte ihr zu. „Ich kann tun, was immer ich will."

„Narzisst."

„Sind wir wieder dabei, Eigenschaften aufzuzählen? Machen wir doch bei O weiter. Ordentlich."

„Das soll ich glauben?"

„Natürlich. Du wirst froh sein zu sehen, dass ich kein Mann bin, der seine Socken auf dem Boden liegen lässt."

„Weil du Personal hast, das sie aufhebt."

„Was ist das Problem dabei? Es ist meine ordentliche Seite, die mich dazu bringt, sie anzustellen, um meine Wohnung in einem makellosen Zustand zu bringen. Ich habe auch einen Koch, also werden wir immer gut essen, einen Schneider, einen Masseur, den du bei nochmaliger Überlegung nicht benutzen darfst."

Dummerweise fragte sie: „Wieso nicht?"

„Weil kein Kerl außer mir Hand an dich legen darf."

Wieder hätte seine besitzergreifende Art sie abschrecken sollen, doch verdammt, ihre Affinität für Kontrollfreaks meldete sich wieder zu Wort. Sie versuchte, über seine Eifersucht zu lachen. „Oh mein Gott. Ich sitze mit einem Verrückten in diesem Truck fest." Einem reichen Verrückten.

Als sie unter einen von Marmorsäulen getragenen Vorbau fuhren, kam Kira nicht umhin, über das riesige Gebäude zu staunen. Stockwerke über Stockwerke aus Glas, in dem sich das glitzernde Sonnenlicht spiegelte.

Ein Mann vom Parkservice sprang auf und öffnete die Beifahrertür, doch bevor Kira die behandschuhte Hand nehmen konnte, um auszusteigen, war Arik da und blickte den Mann in der roten, golden eingesäumten Uniform finster an.

„Ich mache das. Nehmen Sie das." Er warf dem Kerl seinen Schlüssel zu. „Nicht zu weit weg parken. Ich brauche ihn vielleicht schnell wieder."

Er hakte Kiras Arm unter seinem ein und führte sie zu den Glastüren, die so sauber waren, dass sie wie Kristall glänzten. Kira fühlte sich kläglich fehl am Platz. Selbst der Portier wirkte eindrucksvoller als sie. Sie wünschte sich wirklich, sie hätte etwas Präsentierbareres als eine bequeme abgetragene Jeans, einen weichen dunkelroten Pullover, der einmal zu oft in der Wäsche gewesen war, und einen hastig zusammengebundenen Pferdeschwanz getragen. Dazu noch die alten Stoffturnschuhe an ihren Füßen und sie sah eher wie jemand aus, der das Gebäude nicht als Gast eines der Bewohner betreten würde, sondern als Arbeitskraft durch den Hintereingang.

Dass sie ihre Füße schleifen ließ, hielt Arik jedoch nicht davon ab, sie vorwärts zu drängen, indem seine große Hand fest gegen die Mitte ihres Rückens drückte. Sie hätte wahrscheinlich davonstürmen können, doch sie hatte die leise Vermutung, dass er sie einfach verfolgen und in Höhlenmensch-Manier hineinzerren würde. Der Mann schien fest entschlossen zu sein, sie vor Gregory zu beschützen.

Und ehrlich gesagt, zu diesem Zeitpunkt und angesichts der Unwirklichkeit der Ereignisse, erlaubte sie es.

Warum auch nicht? Was hatte sie zu verlieren? Ihre Versuche hatten nicht funktioniert. Die Polizei hatte nicht geholfen. Und auch durch das halbe Land zu reisen, hatte Gregory nicht aufgehalten. Warum sollte sie also nicht erlauben, dass Arik und seine Arroganz Gregory abschreckten?

Selbst wenn er versagte, könnte sie sich zumindest für eine kurze Zeit komfortabel ausruhen – und vielleicht etwas verführerisches Vergnügen genießen.

Oder sie würde von einer schlimmen Situation in die nächste stolpern. Als Gefangene in einem goldenen Käfig mit einem extrem sexy Geiselnehmer.

Kapitel 13

KIRA ZU SICH NACH HAUSE ZU BRINGEN, WAR einerseits brillant, aber gleichzeitig auch der Gipfel seiner Dummheit. Arik wusste das, aber er tat es trotzdem. Und er hatte seine Gründe. Triftige. Zum einen hatte er nicht übertrieben, als er erwähnt hatte, dass seine Wohnung über das beste Sicherheitspersonal in der Gegend verfügte, und damit meinte er nicht die angestellte Wachmannschaft. Kein Fremder würde es in das Hochhaus schaffen, ohne dass jemand seines Rudels es bemerkte – und sich darum kümmerte.

Das war der kluge Teil seiner Entscheidung. Der dumme Teil jedoch war, seine menschliche Maus den Frauen seines Rudels auszusetzen. Was so viel hieß, wie Kira den Löwen vorzuwerfen. Aber irgendwann musste das geschehen. Wenn Kira ein Teil seines Lebens sein sollte, dann war es das Beste, sie von Anfang an an den Irrsinn seiner Familie zu gewöhnen – bevor sie die noch verrücktere Tatsache, dass ihr Gefährte und seine Verwandten gestaltwandelnde Löwen waren, herausfand.

Das war eine Unterhaltung, auf die er sich nicht freute.

Wie brachte man die Tatsache, dass er ein Fell bekam, brüllte und gerne Gazellen jagte, einer Frau bei, die Großkatzen wahrscheinlich nur aus einem Zoo kannte?

Vielleicht könnte Hayder eine Gebrauchsanweisung dafür auftreiben.

Darüber würde er sich später Sorgen machen. Zuerst musste er den Spießrutenlauf durch die Lobby zu seiner Wohnung überstehen. Diese war die Penthouse-Suite im siebzehnten Stock des Komplexes. Man sollte erwähnen, dass ihm das ganze Gebäude gehörte und dass die Wohnungen größtenteils von Mitgliedern seines Rudels bewohnt waren. Es gab ein paar, die er an Freunde vermietete, eine Mischung aus Menschen und anderen Gestaltwandler-Kasten. Aber die meisten waren weibliche Katzen. Und sie waren alle auf irgendeine Weise mit ihm verwandt, was bedeutete, dass er Kira unmöglich hineinschmuggeln könnte, ohne bemerkt zu werden, besonders da er noch nie eine Freundin mit nach Hause gebracht hatte, bis jetzt.

Sobald er durch die Glastüren schritt, wurden die anwesenden Personen, die auf bequemen Couchen und Sesseln um eine dekorative Gasfeuergrube saßen, munter. Köpfe drehten sich in ihre Richtung. Unterhaltungen stoppten. Augen folgten ihren Schritten, als sie sich zum Aufzug begaben. Schritten, die langsamer wurden, bis Kira wie erstarrt stehenblieb.

„Ich denke, das ist keine gute Idee." Sie sah ihn nicht an, als sie es sagte, sondern blickte zu den starrenden Augen seiner Cousinen hinüber. „Ich gehöre hier nicht her."

Doch. Sie wusste es nur noch nicht. „Darüber können wir oben reden."

„Oder ich kann einfach jetzt gehen." Sie machte kehrt, entschlossen zu gehen.

Als ob er das geschehen lassen würde. Er trat zur Seite

und schnitt ihr den Weg ab. Sie bewegte sich zur anderen Seite, nur um auch dort von ihm blockiert zu werden.

„Geh mir aus dem Weg. Ich verschwinde und du kannst mich nicht aufhalten."

Das brachte ihn zum Lachen. „Oh, Maus, wann lernst du endlich, mich nicht herauszufordern und zu hoffen, dass du gewinnst? Wir gehen nach oben und das ist endgültig." Je eher, desto besser, da die Löwinnen zu viel Interesse an ihrem Schlagabtausch zeigten und einige anfingen, sich ihnen aus Neugier zu nähern.

Diese Diskussion musste enden. Er war der Alpha – *König meines Rudels, hört mein Gebrüll* – und er musste sich wie einer verhalten. Trotz des Klatschs, den dies bei seinem Publikum heraufbeschwören würde, packte Arik Kira an der Hüfte und trug sie zum Aufzug, der sich öffnete, als sie näherkamen.

Glücklicherweise konfrontierte ihn niemand aus seinem Rudel, bevor er die Lobby verließ. Der nicht so glückliche Teil davon? Sie informierten seine Mutter.

Aber dieser Tatsache war er sich drei volle Minuten lang nicht bewusst. Drei Minuten, die er alleine mit einer wütend dreinblickenden Kira im Aufzug verbringen durfte.

Wie süß sie mit ihren unter den Brüsten verschränkten Armen aussah. Er fragte sich, was sie tun würde, wenn er ihr sagte, dass ihn das in Versuchung führte, sie noch mehr aufzubringen.

Sie würde sich vermutlich wieder mit der Schere auf mich stürzen. Das Problem war nur, dass auch wenn Haare nachwuchsen, andere Teile seines Körpers das nicht machen würden, weshalb er sein Glück nicht überstrapazieren sollte.

„Du weißt, dass das in manchen Staaten ziemlich sicher als Kidnapping angesehen wird."

In seiner Welt galten Gesetze nur, wenn er sie machte. „Ist Kidnapping keine weibliche Fantasie in Liebesromanen? Ein verwegener Milliardär kidnappt eine reizende Friseurin, um dekadente Dinge mit ihrem verlockenden Köper anzustellen."

„Das ist kein Liebesroman. Und mit *diesem* Körper werden keine dekadenten Dinge angestellt." Sie zeigte auf ihre Figur und zog seine Augen zu den Kurven, die er so gerne erforschen wollte.

„Oh, es werden Dinge angestellt werden. Und du wirst sie genießen."

„Nein, werde ich nicht."

Es war zu einfach, ihr das Gegenteil zu beweisen. Er kam näher und sein Körper bewegte sich unaufhaltsam auf sie zu, als sie in der Aufzugskabine zurückwich, bis sie gegen die Wand stieß und stoppen musste. Ihre Brust hob sich, ihre Augen weiteten sich und der süße Duft ihrer Erregung neckte ihn. „Willst du es dir anders überlegen?", flüsterte er, wobei er ihr eine Haarsträhne von der Wange strich.

„Hör auf. Ich weiß, was du machst, und ich werde es nicht erlauben."

„Was mache ich denn?"

„Deinen Körper gegen mich benutzen. Nur weil ich dich begehre, bedeutet das nicht, dass ich dich mag."

„Ich denke, dass du mich sehr wohl magst. Sehr sogar."

„Nein, tue ich nicht. Rein gar nicht. Nada. Zilch. Nicht in einer Million Jahren."

Er packte ihr Kinn, strich mit seinem Daumen über ihre Unterlippe und spürte, wie sie zitterte. „Du lügst schon wieder. Und du protestierst zu viel. Gib es zu. Du fühlst dich zu mir hingezogen, genau wie ich mich zu dir. Und nicht nur körperlich. Wir vervollständigen einander."

„Wie kommst du darauf? Wir sind völlig verschiedene Menschen."

„Was der Grund ist, warum wir gut zusammenpassen werden."

„Was stimmt mit dir nicht? Ich beleidige dich und du denkst, dass uns das perfekt macht?"

„Genau das ist es. Du bist nicht von meiner offensichtlichen Großartigkeit eingeschüchtert. Deine furchtlose Art macht dich zur perfekten Partnerin für mich."

„Du würdest mich nicht furchtlos nennen, wenn du mich gestern Nacht gesehen hättest", platzte sie heraus. Als würde sie sich für ihr Geständnis schämen, zog sie den Kopf ein, doch er würde nicht zulassen, dass sie sich vor ihm versteckte. Er neigte ihr Kinn hoch und zwang sie, ihn wieder anzusehen.

„Es gibt Zeiten, in denen Furcht angebracht ist. Wenn man bedroht wird, wäre alles andere töricht. Aber du hast keine Angst vor mir."

„Weil ich weiß, dass du mir nicht wehtun wirst."

Diese Aussage erwärmte ihn, ließ seine Brust vor Stolz anschwellen. Seltsam, da er jedem anderen gezeigt hätte, dass es durchaus angebracht war, den König der Löwen zu fürchten, doch mit Kira war es anders, er wollte ihr Vertrauen. „Du hast recht. Ich würde dir nicht wehtun. Weil du mein bist."

Bevor sie protestieren konnte, und er konnte sehen, dass sein stures Mädchen das vorhatte, legte er seinen Mund über ihren, saugte ihre Ablehnung auf und blies Erregung zurück in sie.

Kira schmolz dahin, genau wie er es erwartet hatte. So sollte es sein. In seinen Armen hielt er seine Frau, seine Gefährtin. Sie schmiegte sich an ihn und ließ seinen Mund den ihren entlangfahren. Sie kam seiner Zunge mit ihrer entgegen, saugte und spielte eifrig damit, bis ...

Die Aufzugstüren öffneten sich und ein ersticktes Keuchen – jemand hatte wohl ein Haarknäuel in der Kehle – ließ ihn wissen, dass er Publikum hatte.

„Was denkst du machst du da, Arik Theodore Antoine Castiglione?"

Oh, alle seine vier Namen. Jemand steckte in Schwierigkeiten. Oder würde es, wenn er noch ein Kind wäre. Aber er war jetzt ein Mann. Der Alpha seines Rudels. Was für eine Schande, dass seine Mutter es immer noch ablehnte, seine Herrschaft zu respektieren.

Mit einem schweren Seufzen löste er sich von einer erröteten Kira und drehte sich zu seiner Mutter, die ihn mit strenger Missbilligung betrachtete.

Obwohl sie Anfang fünfzig war, wirkte sie viel jünger, da ihre Haut immer noch glatt und nur von kleinen Falten an den Augenwinkeln gezeichnet war. Ihr blondes Haar hatte, mit etwas Hilfe aus einer Flasche, immer noch seinen goldenen Schimmer und rahmte mit einem stufigen Kurzhaarschnitt ihr kantiges Gesicht ein. Die Lippen, die für gewöhnlich immer ein Lächeln für ihren Sohn bereithielten, waren missbilligend angespannt.

„Hallo, Mutter. Schön, dich hier zu sehen. Ich vermute, jemand hat mich verpetzt."

Seine Mutter zog eine perfekt gezupfte Augenbraue hoch. „Mach daraus mehrere Jemande und aus gutem Grund. Wieso bringst du so ein Fl–" – sie stoppte sich – „so ein Mädchen mit nach Hause?"

Bevor Arik ein Wort sagen konnte, sprang Kira, typisch für sie, ein.

„So ein Mädchen?" Seine Maus stemmte ihre Hände in die Hüften und ihre ausdrucksvollen braunen Augen warfen Dolche auf seine Mutter. Ohne Furcht vor der größten Jägerin seines Rudels. Doch Kira wusste nicht, wem sie gegenüberstand. *Selbst wenn sie es wüsste, wette ich, wäre es ihr egal.*

Arik dachte sich, er sollte einschreiten, doch dann hielt er sich zurück. Diese Konfrontation musste irgendwann stattfinden. Da beide Frauen immer ein Teil seines Lebens sein würden, würden Kira und seine Mutter lernen müssen, miteinander auszukommen.

Das war der erste Grund, warum er zuließ, dass dieses Aufeinandertreffen weiterging. Für den zweiten konnte er seiner Katze die Schuld geben, die neugierig darauf war, was als Nächstes geschehen würde. Definitiv ein Feuerwerk, und er fragte sich, ob er sich für die bevorstehende Show etwas Popcorn holen sollte. Seine Mutter war es nicht gewöhnt, dass andere Leute, besonders Menschen, ihr Paroli boten.

Arrogante Verachtung zeichnete die Gesichtszüge seiner Mutter, als sie Kira von Kopf bis Fuß betrachtete. „Wo genau hast du diese Obdachlose aufgegabelt? An der Grabbelkiste in einem Discounter? Wirklich, Arik. Wenn du den Drang verspürst, deine niederen Triebe zu befriedigen, kannst du das nicht diskreter oder zumindest mit jemandem deines Kalibers tun?"

Mit anderen Worten, mit jemandem seiner Art, und keinem Menschen. Aber Kira wusste das nicht. Kira nahm das Schlimmste an und sie wurde ziemlich borstig – für einen Menschen.

„Jetzt wo ich Sie kenne, weiß ich, woher Arik seine Manieren hat, oder besser gesagt seinen Mangel an Manieren. Ich muss mich fragen, ob die Dämpfe des Wasserstoffperoxids, dass Sie über die Jahre für das Stroh auf ihrem Kopf benutzt haben, schuld daran sind."

„Das ist meine natürliche Haarfarbe!"

„Sicher doch." Kiras beschwichtigendes Lächeln goss nur Öl ins Feuer.

„Du kleines Flittchen, ich sollte dich lehren, Leute zu verspotten."

„Verspotten? Tut mir leid. War meine Beleidigung nicht deutlich genug?"

Oh verdammt. Was für eine Art, seine Mutter zu reizen. Arik konnte sehen, dass die Kontrolle seiner Mutter über ihre Löwin schwand. Da es so aussah, als würden die Klauen sich bald ausfahren, sah er es als vernünftig an, einzuschreiten.

„Aber, aber, Ladys, sicherlich können wir unsere Differenzen auf friedlichere Weise beilegen."

„Nein!" Zumindest in diesem Punkt waren seine Mutter und Kira sich einig.

„Können wir reingehen und das bereden?"

„Du und deine Mami können das ja. Ich gehe." Kira, die noch nicht aus der Aufzugskabine getreten war, wollte gerade auf den Touchscreen tippen, doch Arik machte ihren Versuch zunichte.

„Du bleibst", erklärte er.

„Lass sie gehen. Das ist die erste schlaue Sache, die sie gesagt hat." Seine Mutter blickte seine Maus finster an.

„Kira geht nirgends hin."

„Du kannst mich nicht zum Bleiben zwingen."

An diesem Punkt verlor Arik seine Fassung. Er ließ vielleicht seine Katze ein kleines bisschen zum Vorschein kommen, als er brüllte: „Genug!"

Runde Augen und ein herunterfallender Kiefer sagten ihm, dass er vielleicht etwas mehr von seiner Bestie herausgelassen hatte als erwartet. Während Kira den Schock verarbeitete, nutzte er die Gelegenheit, sie aus dem Aufzug zu holen und zur Tür seiner Penthouse-Suite zu tragen. Seine Mutter folgte ihnen, wobei sie während des ganzen Wegs schimpfte.

„Was machst du, Arik? Warum bringst du diese Frau mit nach Hause? Ich will ein paar Antworten."

Es gab wirklich nur eine Antwort und er warf sie seiner Mutter hin, bevor er ihr die Tür praktisch vor der Nase zuschlug. „Sie ist mein."

Das Brüllen der Ablehnung von der anderen Seite der hölzernen Tür war kein gutes Zeichen. Doch andererseits verhieß auch der Sturm, der sich in Kiras Augen zusammenbrodelte, als er sie absetzte, nichts Gutes.

Vermutlich würde er in nächster Zeit kein Schäferstündchen oder auch nur ein Nickerchen bekommen. Verdammt. Und die Sonne stand gerade genau richtig, um mit ihren Sonnenstrahlen sein Bett zu erwärmen.

Kapitel 14

Die Harpyie, die sich als Ariks Mutter verkleidet hatte, verschwand, doch ihre Anschuldigungen klingelten noch weiter in Kiras Ohren. Doch die Tatsache, dass der Drache sie von vornehrein nicht mochte, war nicht, was Kira so aufwühlte. Schon eher Ariks grobe Behandlung. Sie brauchte einen Augenblick, um zu verarbeiten, was er gesagt hatte, doch nachdem sie es vertieft hatte, musste sie fragen: „Was zum Teufel sollte das?"

„Ich würde mich für das Benehmen meiner Mutter entschuldigen, aber ehrlich gesagt, so ist sie einfach."

„Deine verrückte Mutter ist mir scheißegal. Ich rede über diese ganze *Sie ist mein*-Sache. Ich fange wirklich an, genug von deinem ganzen Höhlenmensch-Gehabe zu haben. Du besitzt mich nicht, großer Mann. Ich bin keine Spielerei, die du für dich beanspruchen und dann herumschleppen kannst." Selbst wenn dieses Herumschleppen ziemlich heiß war. „Ich bin diejenige, die entscheidet, wohin ich gehe und mit wem."

„Nein, nicht im Moment. Du bist in Gefahr, also wirst

du zurzeit nirgends hingehen. Nicht bis dieses Problem mit deinem Exfreund geregelt ist."

„Und wie willst du dich um Gregory kümmern?" Denn falls ihr Ex nicht von einem anderen armen Mädchen abgelenkt oder in den Knast geworfen wurde, konnte sie nicht sehen, wie Arik ihr helfen könnte.

„Sagen wir einfach, ich habe meine Möglichkeiten."

Das breite Grinsen beruhigte sich nicht, nicht in Verbindung mit dem kalten Sturm, der sich in seinen Augen zusammenbraute. „Du wirst ihn doch nicht töten, oder?", fragte sie, nur halb scherzend. Etwas an Arik sagte ihr, dass er kein Mann war, der halbe Sachen machte. Aber sicherlich würde er nicht auf Gewalt oder Mord zurückgreifen? Aber andererseits, was wusste sie schon über ihn?

„Würde es dir etwas ausmachen, wenn Gregory ein bedauernswertes Ende nimmt?"

Was für eine seltsame Frage. „Wenn du fragst, ob mir Gregorys Schicksal egal ist, dann ja." Der gewalttätige Arsch verdiente alles, was ihm zustieß. „Aber dieser Penner ist es nicht wert, Ärger zu bekommen. Außerdem denke ich, dass orange nicht deine Farbe ist und du nicht der Typ Mann bist, der sich nach Seife bückt. Also halten wir uns an die Gesetze. Mit anderen Worten, niemand heuert einen Auftragskiller an oder betoniert seine Füße ein und wirft ihn von einer Brücke."

Er lachte. „Du hast wirklich eine lebhafte Vorstellungsgabe. Auftragskiller anheuern." Er kicherte. „Da musst du dir keine Sorgen machen. Ich lege lieber selbst Hand an."

Und was für nette Hände das waren. Groß. Stark. Ablenkend. „Bleib anständig. Gregory ist es nicht wert, dass du festgenommen wirst."

„Ich würde nicht erwischt werden."

Die großspurige Antwort ließ sie die Augen verdrehen.

„Deine Arroganz kennt wirklich keine Grenzen. Halt dich einfach raus. Bitte. Ich brauche deine Hilfe nicht."

„Und trotzdem bekommst du sie."

Sie schäumte über vor Frustration und stieß einen Schrei aus. „Warum bist du so stur?"

„Weil ich dich mag."

Ihre Wut wurde aus ihr herausgesaugt. Sie blinzelte ihn an und bemerkte zum ersten Mal, seit er sie heute Morgen entführt hatte, dass er immer noch den Anzug von der Nacht zuvor trug, wenn auch verknittert und mit loser Krawatte. Sein Kinn glitzerte golden von dem leichten Stoppelbart und müde Linien durchzogen sein Gesicht.

Die Wahrheit traf sie wie ein Blitz. „Du bist gestern Abend nicht weggegangen."

„Natürlich nicht. Hast du wirklich gemeint, dass ich dich verlassen würde, nachdem ich die Nachricht gesehen und deine Angst gespürt habe?" Er sagte es ganz sachlich, als hätte nie ein Zweifel bestanden, dass er sie bewachen würde.

Die Erkenntnis, dass er geblieben war, um auf sie aufzupassen, rüttelte an ihrem Herzen. Er hatte etwas überaus Süßes gemacht, unangebracht, aber doch so nett, und sie benahm sich wie eine Zicke.

Und warum?

Weil er ihr Angst machte.

Arik machte ihr Angst, nicht weil sie befürchtete, dass er ihr irgendwie wehtun würde, auch wenn sie ihn der Entführung beschuldigt hatte. Nein, er machte ihr Angst, weil er zu gut war, um wahr zu sein.

Reich, gutaussehend, unglaublich sexy, überaus interessiert an ihr, rein gar nicht eingeschüchtert oder abgeschreckt von ihrer sturen Art und fähig, mit ihrer sarkastischen Zunge umzugehen.

Das perfekte Paket – mit der klassischen zickigen Mutter. Er war der romantische Traum jedes Mädchens. Aber dieses glaubte es nicht. Glaubte nicht, dass sie so viel Glück haben konnte.

Irgendetwas kann mit ihm nicht stimmen. Etwas, das sie noch nicht sah, und doch, je mehr er über sich und seine Persönlichkeit preisgab, je mehr Zeit sie zusammen verbrachten, umso mehr Zuneigung empfand sie für ihn.

Sie versuchte, ihn aus Angst davor wegzustoßen, doch er bewegte sich nicht. Er versuchte weiter, ihr Vertrauen zu erlangen. Er bestand darauf, sie zu beschützen. Er beherrschte all ihre Sinne durch seine bloße Anwesenheit.

Er will mich sein machen.

Funktionierte sein verschlagener Plan?

Verdammt ja. Sie wollte ihm erliegen.

Aber was, wenn ich mich in ihm irre?

Konnte sie sich erlauben, in seine Welt und sein Leben einzutauchen, nur um später herauszufinden, dass er absolut verrückt war? Würde er sich als ebenso aggressiv wie Gregory herausstellen, wenn es darum ging, mit ihr zusammen zu sein? Was, wenn sie sich erlaubte zu glauben, dass sie eine Beziehung haben könnten, nur um herauszufinden, dass er ihrer müde wurde, sobald die Herausforderung vorbei war? Konnte ihr Ego, ihr Herz, diese Art Ablehnung verkraften?

Die wahre Frage war, wagte sie es, vielleicht etwas Echtes zwischen ihnen entstehen zu lassen? Oder würde sie sich wegen ihrer früheren Erfahrungen und Fehler von einer möglicherweise strahlenden und schönen Zukunft abwenden?

Während sie ihre kleine Offenbarung hatte, gähnte er. Ein großes, Kiefer knackendes Gähnen epischen Ausmaßes. Sie konnte nicht aufhören zu kichern.

„Ich bin froh, dass du denkst, dass das lustig ist. Ich brauche ein Nickerchen, aber ich wage es nicht, die Augen zu schließen, weil du wahrscheinlich bei meinem Schnarchen davonstürmst."

„Du schnarchst?"

„Kann ich noch lügen und Nein sagen?"

Das Geständnis über seinen Fehler machte ihn nur noch liebenswerter für sie. „Was, wenn ich verspreche, nicht zu verschwinden, während du schläfst?"

Er zog eine goldene Augenbraue hoch. „Das ist unbezahlbar. Bittest du mich, *dir* zu vertrauen?"

Es war ironisch, dass sie ihn bat, ihr die eine Sache zu schenken, die sie ihm verweigerte, ein gewisses Maß an Vertrauen. „Es ist mein Ernst. Ich verspreche dir, dich nicht zu verlassen, während du ein Nickerchen machst."

„Ich würde das gerne glauben, Maus, aber du bist hinterlistig. Wie wäre es mit einem Kompromiss? Ich nehme ein Nickerchen und du gesellst dich zu mir."

„Du willst, dass wir zusammen schlafen?" Sie und Arik in seinem Bett, schlafend? Ha. Als ob ihr Körper das geschehen lassen würde.

Er schien dieselbe Schlussfolgerung zu ziehen. „Bei nochmaliger Überlegung, ich weiß nicht, ob ich schlafen kann, wenn du so verführerisch nahe bei mir liegst."

„Es ist ein schlechter Plan, da stimme ich zu."

„Das habe ich nicht gesagt. Ich kann vielleicht nicht einschlafen, aber ich bin gewillt, es zu versuchen." Er gähnte wieder, als sie ihn zweifelnd anblickte.

„Nur schlafen. Kein Gefummel", versicherte sie sich. Obwohl sie sich fragen musste, ob es mehr eine Warnung an sich selbst anstatt an ihn war. Er reizte sie wirklich. Ein Reiz, dem sie widerstehen würde. Sie waren beide erwachsen, fähig sich zu beherrschen. *Hört ihr das,*

Hormone? Ich habe das Kommando, und ich sage Finger weg.

„Wenn du darauf bestehst." Wie entmutigt er klang.

Ein Teil von ihr wollte auf das Gegenteil bestehen. Aber jetzt, wo sie genau hinsah, konnte sie seine Müdigkeit erkennen. Er war nicht der Einzige, der müde war. Sie hatte letzte Nacht nur phasenweise und sehr unruhig geschlafen. Aber trotzdem, sie und Arik in einem Bett? Sie murmelte einen letzten kraftlosen Protest. „Ich habe keinen Pyjama."

„Würde ein T-Shirt von mir reichen?"

Nur eine dünne Lage Baumwolle und ihr Höschen, das sie voneinander trennte? Sie würde sicherstellen müssen, dass sie auf ihrer Seite des Bettes blieb.

Sie zog sich im Badezimmer aus, legte ihre Kleidung beiseite und schlüpfte in das große T-Shirt, das er aus einem begehbaren Kleiderschrank geholt hatte. Obwohl es frisch gewaschen war, erinnerte sie der Duft des Weichspülers an ihn. Ihr leises Stöhnen des Vergnügens ließ sie das Gesicht verziehen.

Ich bin so armselig. Unfähig einen Kerl nicht zu begehren, der offensichtlich falsch für sie war.

Als sie aus dem Marmortempel, auch bekannt als sein Badezimmer – dessen gewaltige von Glas eingerahmte Dusche und das Arrangement von Duschköpfen so einladend waren –, wieder auftauchte, befand sich Arik bereits unter der Decke. Er lag mit dem Rücken zu ihr auf der Seite und hatte seinen Kopf in das Kissen gebettet. Schlief er bereits?

Einen Augenblick lang dachte sie daran, ihre Sachen zu packen und zu fliehen. Ihr Versprechen zu brechen. Aber sie wusste, dass das eine dumme Idee war.

„Beweg deinen verlockenden Hintern ins Bett, Maus."

Dummer Hellseher. „Was lässt dich glauben, dass ich

das nicht tun wollte? Wir hatten eine Abmachung getroffen."

„Ja, haben wir, aber ich habe den Eindruck, dass du kalte Füße bekommst. Willst du wie eine verängstige Maus vor mir davonlaufen?"

Das sollte sie. In gewisser Hinsicht machte er ihr mehr Angst als Gregory, da sie mit Arik wirklich erstaunliche Möglichkeiten sah – falls er echt war.

Wenn man aber betrachtete, wie falsch sie bezüglich ihres Ex gelegen hatte – eigentlich einer ganzen Reihe von missglückten Freunden –, vertraute sie ihren Instinkten nicht mehr. Aber gleichzeitig war sie auch kein Feigling und wollte ihr Wort halten. „Deal ist Deal. Ich schlafe bei dir, aber was ist, wenn wir aufwachen?"

„Dann ist alles möglich."

Was zum Teufel sollte das bedeuten? Sie wagte es nicht zu fragen.

Sie machte sich auf zu dem gewaltigen Bett. Es wirkte aber in diesem luxuriösen Schlafzimmer nicht deplatziert. Es war in einer sehr maskulinen Farbpalette eingerichtet – dunkle Holzmöbel, ein Bett mit einem großen geschnitzten Kopfteil mit dazu passender Kommode, Nachtkästchen und einer blau gepolsterten Bank am Fußteil. Seine Bettdecke war in vielen Grau- und Weißtönen gehalten, während die Kissen eher den Farbton einer dunklen stürmischen See hatten.

Alles wirkte männlich, teuer und überraschend bequem. Sie kletterte auf die Matratze und sank ein wenig in dem weichen Kissen ein, aber rutschte nicht auf dem glatten Bezug weg. Die Laken waren extrem weich und liebkosten die nackten Stellen ihres Körpers.

„Was für ein Material ist das?", fragte sie und rieb den

Stoff, um sich von der Tatsache abzulenken, dass sie im Bett mit Arik lag.

„Bambus mit irgendeiner lächerlich hohen Fadenzahl."

„Es ist schön."

„Willst du mich langweilen, damit ich einschlafe? Netter Versuch." Ein Arm schlängelte sich um ihre Taille und zog sie über die glatte Oberfläche des Bettes. Sie quietschte und rang nach Luft, als sie an einem definitiv männlichen – und sehr nackten – Körper stoppte. Einem erregten Körper.

„Ähm, ich denke, du hast etwas vergessen, großer Mann."

Seine Worte kamen gedämpft heraus, wahrscheinlich weil er an den Haaren an ihrem Hinterkopf schnüffelte. „Was?"

„Pyjama? Vielleicht eine Jogginghose. Zumindest Unterwäsche?"

„Ich schlafe nackt."

Natürlich tat er das. Sie war nicht wirklich überrascht, doch ... „Das ist großartig, abgesehen davon, dass du nicht alleine bist. Und hinsichtlich des Plans, ein Nickerchen zu machen, ist das etwas ablenkend." Oder eher erregend. Hoffentlich bemerkte er die Tatsache nicht, dass ihre Körpertemperatur um eine Fantastilliarde Grad gestiegen war und dass seine Nähe ihr Verlangen nach ihm schürte.

„Lenke ich dich ab, Maus?" Die warmen Worte kitzelten ihren Nacken, den er entblößt hatte.

Sie zitterte. Seine Lippen pressten sich gegen ihre Haut, eine zarte erogene Zone, die Wärme in ihren Körper schießen ließ. „Du solltest schlafen", protestierte sie.

„Ich mache es mir nur bequem", schnurrte er, ein Geräusch, das an ihrer Haut vibrierte.

Bequem? Wie könnte sie behaupten, dass ihr bequem

wäre, wenn ihr etwas Hartes in den Rücken gedrückt wurde? Wie sollte sie schlafen, wenn ein köstlich schwerer Arm sie festhielt? Wie sollte sie sich entspannen, wenn seine Hitze all ihre Nervenenden erwachen ließ, sein warmer Atem sie neckte und sein Duft ...

Scheiß drauf.

Sie verursachte ein Geräusch, als sie herumrutschte, um sich umzudrehen.

„Was wird das?"

„Ach, halt die Klappe." Dieses Mal brachte sie ihn zum Schweigen. Sie küsste ihn. Küsste ihn, obwohl sie genau wusste, was als Nächstes passieren würde. Und dass es ihre eigene Schuld war.

Dummer, sexy Kerl.

Kira war nicht tot. Oder blind. Oder unfähig, etwas zu begehren. Ein Teil von ihr wusste nur zu gut, dass sie den Mann kaum kannte und dass ihr Leben ein Chaos war. Aber verdammt, ein Mädchen konnte nur ein gewisses Maß aushalten.

Also nahm sie sich alles. Nahm sich, womit Arik sie gereizt hatte.

Er protestierte nicht, als ihr Mund an seinem knabberte. Er drückte sie nicht weg, als ihre Hände seine breiten Schultern oder seinen muskulösen Arm erforschten. Er gehorchte ihr, als sie ihn auf den Rücken drehte und auf ihn glitt und ihre Beine öffnete, um seinem steifen Schaft zu erlauben strammzustehen. Seine Erektion rieb in dem feuchten Schritt ihres Höschens, eine Verlockung, die ihre Muskeln zucken ließ.

„Was ist aus dem Nickerchen geworden?", murmelte er, als ihre Lippen seine verließen, um sein stoppeliges Kinn zu erforschen.

„Ich brauche etwas, um mich zu entspannen."

„Benutzt du mich?", fragte er mit gespielter Empörung.

„Total." Kira war keine welkende Blume, wenn es um ihr Sexleben ging. Es war nicht immer nötig, dass der Mann sie verführte. Und was war köstlicher, als einen Mann mit solcher Macht wie Arik zu verführen?

„Oh Maus, du bist einzigartig." Er hauchte die Worte gegen ihre Lippen, nachdem er ihr Gesicht wieder zu sich gezogen hatte.

In einer schnellen Bewegung rollte er sie beide herum, sodass sie unter ihm lag und die Spitze seines Schafts gegen ihr immer noch bedecktes Geschlecht drückte.

Ihr Atem stockte und doch raste ihr Herz. Er stützte sich auf seine Unterarme und ließ seinen Mund wandern. Weg von ihren Lippen, hinab zu der weichen Haut ihres Halses. Knabbern. Lecken. Er stoppte an ihrer Halsschlagader, die gewaltig pochte, und saugte daran. Jedes Ziehen sandte ihr einen Stromschlag in ihr Geschlecht.

Wie das ihren ganzen Körper erhitzte. Die Feuchtigkeit ihrer Erregung machte sie geschmeidig und ihr Höschen nass.

Er hatte die Stelle, die er markiert hatte, verlassen und wanderte tiefer hinab, wobei sein Kinn über ihre runden Brüste strich und an dem weichen Stoff ihres T-Shirts zog.

Sie hasste den Stoff, der sie trennte. Wünschte, er würde verschwinden. Und dachte dann gar nicht mehr, als sein Mund den harten Nippel erfasste, der sich in der Baumwolle abzeichnete.

Heiß. So heiß und vergnüglich. *Mein Gott.*

Das Material wurde schnell nass, als er an der Spitze ihrer Brust saugte und es schaffte, die Knospe zu reizen und ihre Erregung zu steigern.

Sie schrie auf, als er diese erogene Zone verließ, doch rang dann nach Luft, als sein Ziel offensichtlich wurde.

Hinab. Hinab. Er wanderte ihren Körper hinab und seine Berührung hinterließ einen brennenden Pfad auf dem Weg zum Saum des T-Shirts, der während ihrer Eskapaden nach oben gerutscht war.

Er küsste die Rundung ihres Bauches. Doch er verweilte nicht.

Weiter hinab ging seine Reise, selbst als ihr Atem unregelmäßiger wurde und ihre Finger sich in die Laken gruben.

Er erreichte den Rand ihres Höschens und packte den elastischen Saum. Er zerrte mit seinen Zähnen daran und zog es an einer Seite über ihre Hüfte hinunter. Sie kam nicht umhin, hinabzublicken, als er das tat, und geriet bei dem Anblick, der sich ihr bot, in Verzückung.

Über sie gebeugt, mit Augen glühend vor Verlangen – *nach mir* – packten seine Zähne den Stoff ihres Höschens.

Er blickte ihr in die Augen und riss weiter an dem Stoff. Sie stöhnte. So heiß.

Mit einem wilden Ruck und einem Knurren, das so überaus sexy war, zerriss Arik ihr Höschen. Machte es zu einem nutzlosen Fetzen, der ihm nicht länger den Zugang zu ihr verwehrte.

Was ihr nur recht war.

Er schwebte zwischen ihren Schenkeln und sein heißer, keuchender Atem flatterte gegen ihr entblößtes Geschlecht. Sie zitterte. Sie konnte es nicht verhindern. Und sie wand sich, als ihre Hüften versuchten, ihn dazu zu bewegen, näher zu kommen.

Das tat er. Seine Lippen strichen gegen ihre unteren Lippen und rieben an ihnen.

Sie zuckte und ihr Unterkörper schob sich vor und brachte diese Lippen zu einem engeren Kontakt.

Ein rumorendes Lachen erschütterte ihn. „Du bist so köstlich ungeduldig."

Eher köstlich erregt und nicht in der Stimmung zu warten.

Glücklicherweise war er das auch nicht. Die Spitze seiner Zunge schleckte an ihrem Geschlecht. Dann wieder. Jede Berührung wurde kühner, länger, befriedigender.

Er öffnete ihre sensiblen Lippen und neckte ihr Fleisch. Es war wundervoll. Es erhöhte ihr Verlagen. Es ... verblasste im Vergleich zu dem Gefühl, als seine Zunge ihre geschwollene Klitoris fand.

Keine Zeit um still zu liegen und sich zu sonnen. Das elektrisierende Vergnügen, als er mit seiner Zunge gegen sie schlug, ließ sie sich winden. Er hielt sie fest, wobei ein schwerer Unterarm über ihren Hüften alles war, was er brauchte, um sie eine Gefangene seiner dekadenten oralen Liebkosung zu machen.

Sie schrie auf, keuchend, abgerissen, aber ihn anspornend, da er nicht einlenkte. Im Gegenteil, er schien entschlossen, sie vor Freude verrückt zu machen.

Er brachte sie nahe an den Höhepunkt. Kurz vor die Schwelle.

Er stoppte.

Sie winselte. „Nein. Nein. Hör nicht auf."

„Tue ich nicht. Aber dieses Mal, will ich dich spüren, wenn du kommst", war seine ruppige Antwort.

Wie spüren?

Oh. *Oh*. Der dicke Kopf seines Schaftes fand den Eingang zu ihrem Geschlecht. Er drückte, dick und feucht von ihren Säften. Ihre Schenkel öffneten sich weit, um seinen Körper aufzunehmen. Er glitt überaus langsam in sie, zog sein Vergnügen, ihren Kanal zu dehnen und sie völlig auszufüllen, in die Länge.

Er sank bis zum Ansatz hinein und stoppte, sodass sie seine ganze harte Länge in sich pulsieren spürte. Ihr

Geschlecht zuckte als Antwort darauf und umklammerte ihn.

Er stöhnte und sie öffnete ihre schweren Augenlider, um ihn mit zurückgeworfenem Kopf und angespannten Halsmuskeln über ihr aufgerichtet zu sehen. Weil er seinen Körper über ihr abgestützt hatte, konnte sie hinabblicken und sehen, wo ihre Körper verbunden waren. Fleisch an Fleisch.

Ein Geräusch entkam ihm, ein kehliger Ausdruck seines Verlangens und seiner Ungeduld. Sie blickte in sein Gesicht, um zu sehen, dass er sie anstarrte. Augen glühten wie geschmolzenes Gold und wirkten, in einem Lichtspiel oder wegen der Leidenschaft, die ihren Blick vernebelte, weniger menschlich.

Aber unglaublich fesselnd.

Ihre Blicke blieben verbunden, als er anfing, sich zu bewegen. Ein langsamer, stetiger Rhythmus, der ihn tief, so tief in sie brachte. Er zog sich langsam zurück, bis nur noch die Spitze in ihr war. Dann stieß er zu, mit einer schnellen Bewegung, die sie nach Luft ringen ließ. Sie zitterte.

Wieder und wieder machte er das mit ihr. Langsam zurückziehen. Schnell zustoßen. Reines Vergnügen.

Mit einem Schrei kam sie. Sie packte seine Schultern und ihre Finger gruben sich in seine Haut. Aber es schien ihm nichts auszumachen, da er weiter in ihr zitterndes Fleisch stieß. Sein Kopf senkte sich, bis seine Lippen an der Wölbung ihrer Kehle ruhten. Er saugte an der Haut und sein Körper bewegte sich weiter und zog ihre Ekstase in die Länge, bis er ihr einen zweiten Orgasmus entlockte, der sie mit weit offenem Mund schreien ließ. Und doch entkam ihr kein Geräusch.

Er kam abrupt. Sein Körper verkrampfte sich und er stieß ein letztes Mal tief in sie. Sein weit geöffneter Mund lag über dem fleischigen Teil ihrer Schulter und seine Zähne gruben sich in ihre Haut, tief genug, dass sie geschrien hätte, wenn sie den Atem dazu gehabt hätte.

Aber der Schmerz war nur von kurzer Dauer, da das Vergnügen zu überwältigend und die Befriedigung zu berauschend war.

Das fühlt sich richtig an.

Sie protestierte nicht einmal, als er sie zur Seite drehte, sodass sie erneut an seinen Körper geschmiegt dalag. Und sie bewegte sich auch nicht, als er an ihren Haaren schnüffelte und leise flüsterte: „Mein."

Kapitel 15

ARIK WACHTE VOR KIRA AUF UND NUTZTE DEN Augenblick, um sie zu studieren.

Daraufhin löste sich seine Besorgnis. Sie trug nicht mehr die Anspannung der Angst, die Sorgenfalten der Verwirrung oder die straffen Lippen des Trotzes. Einen Moment lang wirkte sie friedlich und, wenn man nach dem leichten Lächeln in ihren Mundwinkeln ging, zufrieden. *Denn ich habe sie befriedigt.*

Und er würde sie wieder befriedigen. Oft.

Es war seine Absicht, dafür zu sorgen, dass sie immer diesen Gesichtsausdruck haben würde. Nun, vielleicht nicht immer. Es gefiel ihm nämlich, wenn ihr hitziges Wesen zum Vorschein kam. Wie attraktiv sie war, wenn sie zum Angriff überging, mit ihren stechenden Augen, ihrer aggressiven Haltung und ihrem stur hochgeworfenen Kinn.

Hinreißend. Aber am schönsten von allem war ihre Leidenschaft. Die Art, wie sie ihn vor einigen Stunden verführt hatte, hatte sich als absolut himmlisch erwiesen.

Sie würden gut zusammenpassen. Besser als gut. Obwohl ihr das Katzen-Gen fehlte, hatte sie große Stärke in sich. Diese würde ihr im Rudel von Nutzen sein. Als Alpha brauchte er eine Gefährtin, die sich behaupten konnte.

Doch nur für den Fall, dass sie mehr als Worte brauchte, um sich zu verteidigen, sollte er sie wahrscheinlich gut bewaffnen. Eine scharfe Zunge konnte ein scharfes Messer brauchen, nur für den Fall, dass Klauen ausgefahren wurden.

Etwas, um das er sich später kümmern würde. Zuerst wollte er –

Poch. Poch. Poch.

– denjenigen töten, der an seiner Tür klopfte.

Wenn Kira nicht noch schlummern würde, hätte er denjenigen angebrüllt, der es wagte, ihn zu stören. Moment. Sie schlief nicht mehr. Ein Auge öffnete sich langsam und er sah den Augenblick, als sie realisierte, wo sie war und mit wem. Ein fröhliches Lächeln zog über ihre Lippen. Die Hitze, die ihr Körper ausstrahlte, wurde größer. Ihr Po wand sich gegen seinen Unterleib. Ein bestimmter Teil von ihm bewegte sich, um Hallo zu sagen. Ein gemeinsames Verlangen kribbelte in ihren Körpern.

Poch. Poch. Poch.

Das Klopfen war erneut zu hören. Beharrlich.

„Verdammt", rief er, als er sich auf dem Bett herumrollte. „Kann ein Mann mitten am Tag denn kein Nickerchen genießen."

Reißen wir denjenigen, der uns stört, in Stücke. Sein Löwe hatte seine eigenen Wege, mit Leuten umzugehen. Leider waren sie etwas unschön.

„Geh an die Tür", rief Hayder, als er keine Lust mehr hatte zu klopfen.

„Was, wenn ich nicht will?", bellte Arik zurück, als er nackt zum Eingang seiner Eigentumswohnung stapfte. Er hatte schon vor langer Zeit alle Schlüssel zu seiner

Wohnung konfisziert. Nicht weil er Hayder nicht traute, sondern eher, weil seine verdammte Mutter sie immer wieder nachmachen ließ. Die schlaue Löwin hatte immer wieder seine Cousinen auf Hayder angesetzt, um ihn abzulenken und sich die Schlüssel auszuleihen.

Jetzt benutzte er einen Fingerabdruckscanner. *Kopier das, Mutter.*

Poch. „Alter, wieso brauchst du so lange?"

„Schon mal daran gedacht, das verdammte Telefon zu benutzen?", biss er heraus, als er seinen Daumen auf das Touchpad drückte.

„Habe ich, aber jemand ist zu faul, um ranzugehen."

„Kein Respekt", murmelte Arik, als er die Tür aufriss. Er legte seine Hände an die Hüften und bellte: „Was zum Teufel ist so wichtig, dass du vorbeikommen und mich stören musst?"

„Du bist derjenige, der sagte, ich sollte dich kontaktieren, wenn der Kerl auftaucht."

Sofort waren alle Gedanken, Hayder zu töten und wieder mit seiner Frau ins Bett zu kriechen, verschwunden. Der Alpha kam wieder zum Vorschein und er kam direkt auf den Punkt. „Was ist passiert?"

„Nicht viel, da der Sicherheitsdienst, denn wir angeheuert haben, ihm im Weg war, doch dieser Gregory-Typ hat versucht, sich ihrem Apartment zu nähern."

„Hat das Sicherheitsteam ihn festgenommen?"

Hayder schüttelte den Kopf. „Nein. Etwas hat ihn verschreckt, bevor er näher herankam. Eine der Wachen sagte, dass er schnüffelte, bevor er davonlief."

Natürlich tat er das. Wenn Arik etwas markierte, wussten kleinere Raubtiere, dass sie das Weite suchen mussten.

„Haben sie ihn nicht verfolgt? Hast du ihnen nicht gesagt, dass sie den Kerl fangen sollten?"

„Doch und doch."

„Aber?"

Hayder zuckte mit den Achseln. „Sie haben ihn verloren."

Nichts konnte Ariks Schnauben verhindern. „Ihn verloren? Ich dachte, wir haben Profis angeheuert. Was haben sie uns geschickt, untrainierte Welpen? Soviel zu ihrem guten Ruf. Sag Jeoff, wenn du wieder mit ihm sprichst, dass ich nicht beeindruckt bin."

Er liebte es, den Anführer der Meute zu ärgern. Das war etwas, das sie schon jahrelang machten.

„Sag es ihm selbst. Jeoff ist unten im einem der Besprechungsräume. Ich dachte irgendwie, dass du nicht wollen würdest, dass er hochkommt, wenn du dein *Nickerchen* machst. Und ich habe es nicht gewagt, ihn mit deinen Cousinen in der Lobby zu lassen. Da unten treiben sich momentan mehr herum als normal."

Wahrscheinlich weil sich die Nachricht über seinen Besuch herumgesprochen hatte. Und wer wusste, was für ein Drama seine Mutter daraus machte? Wenn es um Tratsch und Aufwiegeln ging, war sie die Königin des Rudels.

„Sag diesem räudigen Wolf, dass ich in ein paar Minuten zu ihm komme. Ich muss mir noch eine Hose suchen." Sich nackt mit Hayder zu treffen, war eine Sache. Sein Beta hatte ihn schon öfter splitterfasernackt gesehen und musste nicht beeindruckt werden. Aber wenn er sich mit anderen Alphas auseinandersetzen musste, musste er eine gewisse Aura ausstrahlen, eine ohne schwingenden Schwanz – auch wenn er sehr gut bestückt war.

„Eine Hose wäre super. Ein Hemd auch. Denk daran,

du hast keine Zeit für ein weiteres *Nickerchen*", tadelte Hayder. Die Anspielung war klar – und nicht willkommen. „Und vielleicht solltest du auch überlegen, eine kurze Dusche zu nehmen."

Den Duft seiner Gefährtin von seinem Körper waschen? Nein. Aber andererseits wollte er die Süße von Kiras Verlangen mit niemand anderem teilen. *Sie gehört mir. Sie ist mein.*

Selbst, wenn sie das wahrscheinlich abstreiten würde.

Aus vielen Gründen sauer auf seinen Beta, wobei der Hauptgrund war, dass er kein weiteres *Nickerchen* machen konnte, schlug er ihm die Tür vor seinem verschmitzt grinsenden Gesicht zu.

Es war scheiße, dass er sich nicht noch etwas mit seiner Frau entspannen konnte. Er hätte noch einen halben Tag Schlaf gebrauchen können – und ja, die Gerüchte waren wahr. Katzen schliefen sehr gerne. Aber jetzt war nicht die Zeit für ein Nickerchen. Da Gregory versucht hatte, etwas zu unternehmen, und Kira sich um ihre Familie Sorgen machen würde, musste er hier weg und er musste handeln.

Oh und er sollte wahrscheinlich etwas wegen der dreiundsechzig Nachrichten auf seinem Handy unternehmen, die alle von einer leicht irren Person stammten, der Person, die ihn nach siebenundvierzig Stunden Wehen zur Welt gebracht hatte, die alles für ihn aufgegeben hatte – wobei alles immer noch nicht definiert war. Dem Fluch und der wichtigsten Person in seinem Leben – bis er Kira kennengelernt hatte. Seiner Mutter.

Als er sein Schlafzimmer betrat, bemerkte er das leere Bett. Er atmete tief ein und nahm den Duft ihres Liebesspiels auf.

Haben wir ein paar Minuten?

Eigentlich nicht. Aber selbst wenn er seine neue Gefährtin nicht verführen konnte, sollte er sie zumindest finden, was sich nicht als schwierig erwies. Er folgte dem Geräusch des laufenden Wassers im Badezimmer. Nachdem er eingetreten war, stoppte er und lehnte sich an den Türstock, um kurz das köstliche Bild zu genießen, das sich seinen Augen darbot.

Er hatte Kira gefunden. Sie stand in der Glaskabine der Dusche und ließ sich von dem Regenschauer benetzen. Er wusste, dass sie ihn hereinkommen gesehen hatte, da ihre Augen kurz in seine Richtung schnellten. Doch sie tat nichts, um die Pracht ihres kurvigen Körpers zu verstecken. Ihre Haut glitzerte, nass und verführerisch.

Hände, geschmeidig vom Seifenschaum, glitten über ihren feuchten Körper, umfassten ihre schweren Brüste, wanderten ihre Taille hinab und liebkosten die Rundungen ihrer Hüften.

Aber als ihre seifigen Hände zwischen ihre Schenkel griffen, rastete Arik aus. Er ging zu ihr, wobei er froh darüber war, dass er sich nicht mehr ausziehen musste.

Er wusste, was passieren würde, wenn er in diese Dusche stieg. Wusste es. Wollte es. *Ich werde es bekommen. Werde sie haben.*

Ein Teil von ihm verstand, dass er seine Beherrschung verloren hatte. Es war ihm egal. Er würde sie nehmen, jetzt, in der Dusche. Er konnte es nicht erwarten, sie aufschreien zu lassen. Aber gleichzeitig würde er sauber werden. Schönes Multitasking. Selbst Hayder könnte nichts an seinen Managementskills auszusetzen haben.

Und er wusste, dass Kira nichts an seinen Orgasmusskills auszusetzen hatte.

Ein strahlendes Lächeln traf ihn, als er in die Duschkabine stieg.

„Hey, großer Mann", sagte sie mit rauer Stimme. „Wurde auch Zeit, dass du zu mir kommst."

„Entschuldige, dass wir dich geweckt haben. Ich musste mich ums Geschäft kümmern."

„Oh, musst du weg?"

„Ja." *Miau.* Welch trauriges Geräusch.

„Schade." Seifige Hände, ihre natürlich, glitten über seine Brust und bewegten sich tiefer. Tiefer. Er schluckte, als sie ihn packte und streichelte. „Ich hatte mich irgendwie darauf gefreut, dich zu benutzen, um wach zu werden."

„Und ähnelt das der Art, wie ich dich benutzt habe, um einzuschlafen?"

Ihr schelmisches Grinsen weitete sich. „Ja. Das ist eine wunderbare Medizin für vieles."

Perfekt. „Ich habe nicht viel Zeit. Ein Geschäftspartner" – mit schrecklichem Timing – „wartet auf mich."

„Das muss nicht lange dauern." Ihre Hände strichen seine Erektion entlang.

Nein, das würde nicht lange dauern, wenn sie ihn weiter so berührte. „Du verdienst mehr, als einen Quickie unter der Dusche."

„Was, wenn ich aber einen Quickie möchte?"

Wie könnte er seiner Gefährtin etwas abschlagen? Er würde es für sie machen. Ha. Gute Ausrede. „Ich denke, ich könnte schnell machen."

„*Schnell* ist gut." Sie packte ihn fest und er stöhnte.

Er nahm ihre Lippen ein und küsste sie mit einer Leidenschaft, die immer noch nicht geringer geworden war. Im Gegenteil, er begehrte sie mehr als je zuvor. Sie trug sein Zeichen. Sie war seine Gefährtin. Seine Frau.

Er hätte sie gegen die Wand der Dusche gedrückt, damit er auf die Knie gehen und sie verwöhnen könnte.

Doch die Massageduschköpfe ließen nicht viel Platz. Und sie wollte es schnell.

Die Frage war jedoch, war ihr Körper bereit für ihn?

Während er sie küsste, ließ er seine Finger nach Süden wandern, wo sie durch die feuchten Locken über dem zarten Fleisch zwischen ihren Beinen glitten. Sie rang nach Luft und wölbte ihre Hüften zu ihm.

Erregt, ja, aber war sie auch innen von ihrem Honig bedeckt?

Er glitt mit einem Finger hinein. Feuchtigkeit begrüßte ihn. Heißes Fleisch pulsierte um ihren Finger. Ihre Hände packten ihn wild.

Er bewegte den Finger hin und her und bemerkte das Zittern, das ihren Körper durchfuhr.

So bereit für ihn.

Und er für sie.

Er zog seine Hand weg und schluckte ihr wimmerndes Stöhnen. Er umfasste ihre Taille und genoss erneut ihre kurvige Figur. So weiblich.

Mit roher Kraft alleine, hob er sie hoch und flüsterte gegen ihre Lippen: „Schling deine Beine um meine Hüften."

Sie gehorchte, schnell und ohne etwas zu sagen. Das brachte ihr Zentrum zu ihm, genau über seinem Schaft, der unter ihrem Bauch zuckte.

Er drückte sie leicht von sich weg und beugte seine Hüften, um die Spitze seines Schwanzes an ihrem Zentrum zu positionieren. Dann stieß er leicht vor und drang langsam in sie ein.

Wie fest sie ihn packte.

Wie heiß sie ihn umschloss.

Wie tief sie ihn in sich aufnahm!

Ihre Lippen hingen aneinander und heißer Atem

vermischte sich, als er sich bewegte, um in sie zu stoßen. Sie legte ihre Arme fast genauso eng wie ihre Beine um ihn. Ihr Körper stand unter Spannung.

Er verstand dieses Gefühl. Auch er wollte mehr.

Schneller stieß er zu und rieb sich an ihrem Körper, was ihren G-Punkt stimulierte, was wiederum bedeutete, dass ihr Kanal zitterte und sich verkrampfte und seinen Schaft umklammerte.

Er hätte diesen Moment ewig auskosten können, ohne zu kommen, doch sie hielt es nicht aus. Sie kam.

Sie schrie in seinen Mund, verkrampfte sich um ihn und ihr Geschlecht zitterte und zuckte in Wellen aus Glückseligkeit.

Es war zu viel. Zu wunderbar. Zu ... *Aaaah*.

Vielleicht hatte er dieses wortlose Geräusch gebrüllt. Doch glücklicherweise schien sie es nicht zu bemerken, als sie schlaff in seinen Armen hing und ihr Kopf auf seiner Schulter ruhte.

Sie in seinen Armen wiegend, genoss Arik den Augenblick. Ein Augenblick, der eine Weile andauerte, bis er sich verpflichtet fühlte zu fragen: „Alles okay?"

Sie bewegte sich. Ihr Kopf neigte sich weit genug zurück, dass er das erschöpfte Lächeln sehen konnte, dass sie ihm zuwarf. „Besser als okay." Sie wand sich in seinen Armen und er ließ sie hinunter, wobei er seine arrogante Genugtuung verbarg, als sie versuchte, mit ihren weichen Knien zu stehen. Doch diese Arroganz verblasste, als sie sagte: „Das ist besser, als bei süßen Cornflakes und Milch wach zu werden."

Sie verglich ihn doch nicht wirklich mit – „Frühstücksflocken?" Er schauderte. „Sag mir nicht, dass du so etwas isst."

„Immer. Ich mag es. Es geht schnell und einfach. Wer

holt sich am morgen nicht gerne Energie aus einer Schüssel Zucker?"

„Ich nicht. Ein Löwe braucht richtiges Essen."

„Löwe? Da hat jemand eine ziemlich überzogene Meinung von sich", neckte sie, da sie seinen verbalen Ausrutscher nicht erkannte. „Obwohl ich zugeben muss, dass du mich mit all den Geräuschen, die du von dir gibst, wirklich an ein Tier erinnerst."

Wenn sie nur wüsste, dass diese Geräusche nur die Spitze eines pelzigen, büscheligen Schwanzes waren.

„Verklag mich doch dafür, dass ich ein Mann bin, der sich lautstark äußert, wenn er erregt ist. Aber ich warne dich, verklag mich auf eigene Verantwortung. Ich habe die besten Anwälte zur Verfügung."

„Wenn du mich fragst, wäre dein Geld bei einem Psychiater, der dein Ego-Problem behandelt, besser aufgehoben."

„Gib es zu, mein überragendes Selbstvertrauen ist sexy."

„Nein, es stört, aber glücklicherweise ist dein Hintern echt toll."

Er hatte vielleicht geblinzelt, als sie ihn sowohl beleidigte als auch lobte. Er wusste nicht, ob er sie anspringen und anknabbern sollte, bis sie sich entschuldigte, oder sie anspringen und sie zum Dank anknabbern sollte. Komisch, dass eine Lösung für beide Szenarien funktionierte.

Das Problem war nur, dass beide Szenarien warten mussten. Er musste sich ums Geschäft kümmern.

Miau. Ja, sein menschlicher Teil war ebenfalls enttäuscht.

„Also, bedeutet deine Abneigung gegenüber Frühstücksflocken, dass der Kühlschrank leer ist?"

Bier. Kokosmilch, die er pasteurisierter Kuhmilch

vorzog. Überaus ekelhaft. Was ihn betraf waren Kühe lediglich für eines gut, ein dickes Stück Steak, von der Flamme geküsst und auf einem Teller mit kohlenhydrathaltigen Beilagen.

Essen. Sein Magen rumorte. Das war ein Verlangen, das er stillen könnte. Er würde in der Küche anrufen und zwei Frühstücke zubereiten lassen, eigentlich drei. Er musste daran denken, dass er sich von nun an auch um seine Gefährtin kümmerte. „Wenn du noch etwa fünfzehn bis zwanzig Minuten durchhältst, lass ich dir ein anständiges Essen bringen, während ich im Meeting bin." Wohin er schleunigst gehen sollte, bevor Hayder mit einer Kettensäge auftauchte, um sich durch seine Tür zu schneiden.

Sein Beta war wirklich gut darin, ihn auf Kurs zu halten. Der Bastard.

Das heiße Wasser lief immer noch und Dampf stand in der Luft. Er schnappte sich die Seife und wusch sich schnell, zumindest war das seine Absicht. Kira machte es ihm nicht einfach, nicht wenn sie mit ihrer Hand über die eingeseiften Stellen fuhr und ihn mit einem erregenden Lächeln auf den Lippen neckte. „Lass mich dir helfen, dich zu waschen, damit du zu deinem Meeting kommst."

Sie half ihm eher, den Verstand zu verlieren. Wenn man bedachte, wie schmutzig seine Gedanken waren, als sie sich die Seife borgte und sich bückte, um sich die Füße einzuseifen, würde alles Duschgel der Welt nicht reichen, um seinen dreckigen Verstand zu säubern.

Ich muss gehen. Jetzt. Bevor er wieder abgelenkt wurde.

Manchmal war es scheiße, der Alpha der Stadt zu sein.

Mit einem festen Kuss und einem Stöhnen des Bedauerns ließ er Kira alleine in der Dusche zurück und schnappte sich ein Badetuch. Er trocknete sich ab, während er seinen Kleiderschrank betrat.

Als er ein paar Minuten später in einem Anzug und penibel gebundener Krawatte wieder herauskam, fand er Kira auf seinem Bett lümmelnd und nur mit einem Badetuch bekleidet vor.

Nur ein Badetuch zwischen ihm und –

Böse Katze.

Zeit alle Gedanken abzulegen, die sich um Lecken, Beißen und Kratzen drehten, und sich an die Arbeit zu machen.

Je schneller ich fertig bin, umso schneller bin ich wieder hier.

„Ich komme so schnell wie möglich zurück", versprach er, unfähig, sich davon abzuhalten, eine Hand über ihr Bein wandern zu lassen.

Sie setzte sich auf und drückte das Badetuch gegen ihre Brust, nicht dass es dabei half, ihr Dekolletee zu bedecken. „Was soll ich tun, während du weg bist?"

Sollte er ihr sagen, dass sie nicht fliehen sollte, weil sie nicht weit kommen würde? Sollte er ihr verbieten, irgendjemanden zu kontaktieren, um ihre Sicherheit nicht zu gefährden? Sollte er ihr sagen, nicht an sich herumzuspielen und sich für ihn aufzusparen? Moment, das war nur etwas, was Frauen in Horrorfilmen machten, bevor der Killer sie sich schnappte. *Ich sollte ihr befehlen, an mich zu denken.* Bei nochmaligem Nachdenken kam er zu dem Schluss, dass das nicht nötig war. *Als ob sie nicht an mich denken würde.*

Kira hatte bei einer Sache recht. Arik war arrogant genug, um zu wissen, dass sie von Gedanken an ihn geplagt werden würde. Ob diese Gedanken gut waren oder nicht, war eine völlig andere Frage. „Wieso nutzt du die Zeit, in der ich weg bin, nicht, um dich zu entspannen? Iss etwas Leckeres. Ich lasse dir etwas aus meiner privaten Küche hochschicken." Eigentlich nicht wirklich privat, da fast seine ganze Familie sie mitbenutzte. Doch als Alpha hatten seine Bestellungen Priorität.

„Klingt gut. Viel Erfolg beim Meeting." Es fehlte nur noch das Wort *Liebling*, um das Ganze perfekt zu machen.

Es passte gar nicht zu ihr.

Fast an der Tür angelangt hielt Arik inne und drehte sich um. „Du reagierst viel zu gut darauf."

Mit unschuldigem Gesichtsausdruck blickte sie ihn an. „Was meinst du?"

Sie klimperte nicht mit ihren Wimpern, aber fast. Seine Augenbrauen zogen sich misstrauisch zusammen. „Du tust gerade nur so, oder, dass das alles okay für dich ist?"

„Ich, so tun?" Diese weiten unschuldigen Augen und ... Ooh, das Handtuch war heruntergerutscht. Lecker. Beeren. Augen nach oben. Augen nach oben!

Er wandte seinen Blick ab und versuchte angestrengt, sich zu sammeln. „Ich meine, heute Morgen hast du noch versucht zu fliehen und hast mir gesagt, dass du mich magst, aber jetzt nicht mit mir zusammen sein kannst. Und doch neckst du mich jetzt mit deinem köstlichen Körper." Ihr Lächeln blendete ihn. „Und versprichst mir für später köstliche Versuchungen." Sie leckte sich über die Lippen. „Und offensichtlich willst du, dass ich glaube, dass du hier bleibst."

„Ist das nicht, was du willst?"

„Nun, ja. Aber ich denke, dass du zu schnell eingewilligt hast."

„Würde es dir besser gefallen, wenn ich mit dir streite."

„Nein." Und ja, er realisierte, dass seine einsilbige Antwort ihn wahrscheinlich noch mehr wie einen Höhlenmenschen klingen ließ. Es war ihm egal. Er wollte nicht, dass sie irgendwohin ging. Nicht ohne ihn.

Sie rollte eine nackte Schulter. „Wenn es nicht hilft,

wenn ich mit dir streite, warum fängst du dann damit an? Du hast bereits bewiesen, dass du größer bist als ich. Außerdem fange ich an, die Vorteile zu würdigen." Sie zwinkerte und das Badetuch rutschte erneut. Er wollte sich fast die Krawatte herunterreißen und sich auf sie werfen.

Poch. Poch. Poch.

Verdammter Hayder mit seinem schrecklichen Timing.

Dumme Verantwortlichkeiten. Sie klopften einfach an seiner Tür, wenn er daran dachte, an ihrer Tür zu klopfen.

„Benimm dich", sagte er den Finger schüttelnd.

„Das macht keinen Spaß.

„Kira." Er sagte es in einem warnenden Ton, von dem sein Rudel wusste, dass man besser darauf hören sollte.

Außer, dass Kira nicht zu seinem Rudel gehörte. „Okay, ich werde ein braves Mädchen sein." Ihr raues Lachen bestärkte ihn nicht. „Sei du ein guter Junge, und nur damit du es weißt, ich werde an dich denken, während du weg bist", drohte sie, als sie sich auf den Rücken rollte, wobei ihr Badetuch ihre Schenkel hinauf wanderte und sich an der Hüfte öffnete.

Er trat einen Schritt zurück. Stoppte. Knurrte. Er zwang sich, sich von dem abzuwenden, von dem er wusste, dass es unter diesem Badetuch auf ihn wartete.

„Später. Und du bist besser hier, oder sonst ...", warnte er, als er ging.

Mit dem Bild ihres auf seinem Bett ausgebreiteten Körpers. Bereit und willig. Alleine.

Grrrr.

Das war der Grund, warum Arik den Besprechungsraum mit etwas mehr Verärgerung betrat, als Jeoff wahrscheinlich verdiente.

„Wie zum Teufel habt ihr das Ziel verloren?", biss Arik heraus, als er sich in einen stabilen Lederstuhl fallen ließ.

„Euch auch einen guten Nachmittag, *Eure Hoheit.*" Jeoffs verschmitztes Grinsen passte gut zu der sarkastischen Anmerkung. Jeoff war Anfang dreißig und der Alpha des Wolfsrudels der Stadt. Obwohl er einen starken Charakter hatte, konnte er es nicht mit Arik aufnehmen. Ihm fehlte auch die zahlenmäßige Stärke, um nach dem Titel des Alphas der Stadt – oder genauer des Königs – zu trachten, was ihn in puncto Macht unter Arik stellte.

Leider zeigte sein alter Kumpel, wenn sie alleine waren, nicht immer den angemessenen Respekt. Wenn er den Kerl nicht so sehr mögen würde, hätte Arik ihm den Bauch aufgeschlitzt, seine Eingeweide herausgerissen und sie an die Kanalratten verfüttert.

Dummer Freund, erst ruinierte er ihm sein Nickerchen und jetzt musste seinetwegen auch noch die lokale Nagetierpopulation verhungern.

„Es war dabei, ein toller Nachmittag zu werden, bis er von Inkompetenz unterbrochen wurde."

„Was der Grund ist, warum ich persönlich hier bin, um mich zu entschuldigen. Meine Jungs haben gewaltig versagt und sie sind deswegen schon zusammengestaucht worden."

„Also, was ist passiert?", fragte Arik, durch die Entschuldigung etwas besänftigt.

„Der einsame Wolf, den wir jagen, ignoriert nicht nur bewusst die Gesetze der Lykaner. Er ist auch verschlagener, als wir es ihm zugetraut hatten. Nach dem, was wir bezüglich seines Verhaltens wussten, erwarteten wir jemanden, der launisch war, einfach aufzuspüren und in die Enge zu treiben. Ich meine, ein Kerl, der dumm genug ist, zu denken, er kann in unsere –"

„Unsere?"

„Deine Stadt", korrigierte Jeoff ohne Pause, „kommen

und mit Gewalt drohen, besonders gegen eine Frau, muss ein paar Schrauben locker haben."

„Habt ihr einen Tollwütigen erwartet?"

Ein Tollwütiger war ein Gestaltwandler, dessen tierische Seite seine menschliche vernichtet hatte. Vielleicht weil er zu viel Zeit in der tierischen Form verbracht hatte oder seine Psyche nicht stark genug war, um seine innere Bestie zu kontrollieren. Was auch immer der Grund war, die Denkweise von Tollwütigen war – für einen Menschen – oft irrational, unerwartet und gewalttätig.

„Selbst wenn er ein Tollwütiger gewesen wäre, erklärt das nicht, wie er deinen Männern entkommen ist. Ich habe euch dafür bezahlt, die Augen nach ihm offen zu halten."

„Und das haben sie. Doch er roch nicht wie ein Wolf. Der Bastard hat seinen Duft maskiert. Zudem hatte er sich den Kopf rasiert, damit er nicht wie auf den Bildern aussah, und trug Einkaufstaschen mit Lebensmitteln. Meine Jungs wurden erst auf ihn aufmerksam, als er an der Ecke des Gebäudes stand und herumschnüffelte. Aber da war es schon zu spät. Er ließ die Lebensmittel fallen und rannte davon. Der Kerl ist verdammt schnell. Er hat uns in der U-Bahn abgehängt. Er mischte sich unter die Leute und mit all den unterschiedlichen Düften, die seine Spur verschleierten, konnten wir ihn nicht mehr aufspüren."

Genauso, wie Kira ihn damals im Markt abgehängt hatte. Zum ersten Mal konnte er die Vorteile, abgeschieden zu leben, sehen. An Orten, wo es nur wenige menschliche Duftspuren gab, konnte ein Löwe ungehindert seine Beute jagen.

„Also weiß er, dass wir ihm auf der Spur sind." Nicht gerade die besten Neuigkeiten. Gregory würde entweder untertauchen, wodurch Arik niemanden bestrafen könnte, oder sein nächster Schritt würde sich als noch subtiler und schwieriger zu entdecken erweisen. Arik musste seine Aufmerksamkeit auf sich ziehen, bevor der Feigling sich ein leichteres Ziel suchte, wie Kiras Familie. Sobald er und Kira sich paarten, würden auch sie seine Verantwortung sein.

„Hast du noch Männer bei ihrem Apartment stationiert?" Auch wenn Gregory wahrscheinlich nicht dorthin zurückkehren würde, zog Arik es vor, vorbereitet zu sein.

„Ja, und meine Jungs passen auch gut auf ihre Familie und deren Arbeitsplätze auf. Wenn er auftaucht, werden wir ihn erwischen."

„Das rate ich euch."

„Du scheinst ziemlich beunruhigt wegen des Kerls zu sein", sagte Jeoff. „Mehr als ein ungehöriger Wolf es verdient. Hat er jemanden in deinem Rudel verletzt?"

„Irgendwie ja. Er bedroht meine Gefährtin."

So konnte man sein Gegenüber erstaunen.

„Du hast dich gepaart? Mein Beileid."

Arik runzelte die Stirn. „Was soll das bedeuten?"

„Es ist immer traurig, wenn einem Mann Ketten angelegt werden. Als Nächstes wirst du Tanzkurse machen, alles *unser* nennen, deinen Schrank an Schuhe verlieren und Liebeskomödien anschauen, anstatt mit deinen Jungs in eine Bar zu gehen."

„Ich werde auch mehrmals am Tag unglaublichen Sex haben."

„Das hättest du auch haben können, ohne dich von ihr in Ketten legen zu lassen."

„*Ich* habe *sie* für mich beansprucht."

„Warum? Warum solltest du das tun?" Jeoff schüttelte den Kopf. „Komm ja nicht zu mir und heul dich aus, wenn sie dich zwingt, an Weihnachten einen hässlichen Pullover zu tragen."

„Ich werde nicht jammern, weil ich dafür sorgen werde,

dass du und ich denselben tragen, der dir in aller Öffentlichkeit übergeben wird, damit du dich nicht weigern kannst. Ich lasse Hayder ein Foto machen und werde es in allen sozialen Medien posten."

„Du bist ein böser König, Arik."

„Danke." Er konnte sich sein arrogantes Lächeln nicht verkneifen.

Jeoff lachte. „Übrigens, du musst mir einen Gefallen tun."

Arik zog eine Augenbraue hoch. „Einen Gefallen? Es muss wichtig sein, wenn du mich um etwas bittest?"

„Das hinterlässt einen ganz schön fahlen Geschmack in meinem Mund."

„Bist du sicher, dass das nicht an deiner Hundefuttermarke liegt?"

„Ha. Ha. König des Dschungels, aber definitiv kein König der Comedy. Aber ernsthaft, dieser Gefallen ist wichtig. Ich brauche einen sicheren Ort für meine Schwester. Sie verlässt ihr aktuelles Rudel, aber nicht ohne Schwierigkeiten. Die haben mit Rache gedroht, wenn sie es wagt."

„Sie können sie nicht festhalten, wenn sie gehen will." Die aktuellen Gesetze verbaten das. Solange ein anderes Rudel sie aufnehmen würde, durften Gestaltwandler weiterziehen. So war es schon immer gewesen. Früher war der einzige Weg zu entkommen durch Heirat, einen komplizierten Vertrag oder den Tod.

„Diese Jungs sind ein rauer Haufen. Aber ihr Gefährte ist gestorben und jetzt, wo er weg ist, fühlt sie sich nicht mehr sicher."

„Wieso beschützt du sie nicht selbst?"

„Weil ich nicht riskieren kann, einen Krieg anzufangen. Der letzte Alpha dieser Region hat uns, wie du weißt, wegen seiner belanglosen Streits dezimiert. Ich habe nicht die Männer, um diesen Kerlen entgegenzutreten. Aber meine Schwester muss verschwinden. Ich denke, dass ihr altes Rudel es nicht wagen wird anzugreifen, wenn sie hier ist, bei deiner Familie und unter deinem Schutz."

Und wenn sie es doch täten, würden sie es bedauern. Ein Löwenrudel war unantastbar und ebenso waren es jene, die von ihm aufgenommen wurden.

„Ich werde deiner Schwester Schutz gewähren. Aber dafür erwarte ich Fortschritte bezüglich dieses Wolfs, der in meiner Stadt herumstreunt."

„Wird erledigt."

Sie schüttelten sich die Hände, um die Abmachung zu besiegeln, und dann tauschten sie noch einige Nettigkeiten aus, die nur dazu führten, dass Arik noch ungeduldiger wurde, zu Kira zurückzukehren.

Jeoff verabschiedete sich schließlich, doch Arik konnte noch nicht in seine Wohnung zurück. Ein Paar streitender Zwillinge kam und geiferte einander an. Sie wollten, dass er einen Disput regelte – Krista hatte sich Koreys Auto geborgt und einen Kratzer hineingefahren. Aber Korey hatte sich Kristas Lieblingsbluse geliehen und einen Fleck hineingebracht.

Ein lächerlicher Streit. Beide bekamen eine Woche lang Tellerwaschdienst in der Küche. Kein Geschirrspüler, nur Handwäsche.

Das würde sie lehren, seine Zeit zu vergeuden.

Aber sie waren nicht die Einzigen.

Und alles diente dazu, seine Rückkehr zu Kira aufzuschieben.

Süße Kira. Er fragte sich, was sie in seiner Abwesenheit machte.

Kapitel 16

Sobald die Tür zu der Eigentumswohnung hinter Arik zufiel, machte sich Kira an die Arbeit.

Wie recht Arik hatte anzunehmen, dass sie zu fügsam war. Als würde sie nicht versuchen zu entkommen, sobald sich ihr eine Gelegenheit bot. Kira war keine Frau, die sich zurücklehnte und von einem Mann herumkommandieren ließ.

Hatte sie ein schlechtes Gewissen zu lügen? Ein wenig, obwohl sie nicht geflunkert hatte, als sie ihm sagte, dass sie die Vorteile genoss, mit ihm zusammen zu sein.

Als Liebhaber erwies sich Arik als atemberaubend. Der Mann triefte vor Sexappeal und enttäuschte sie nicht. Ihr glücklicher Körper war Beweis dafür.

Doch großartiger Sex, knisternde Chemie und eine unergründliche Zuneigung zu diesem Mann bedeuteten nicht, dass sie sich unterwarf und zu etwas wurde, das murmelte: „Ja, Meister, alles was du sagst, Meister."

Es schien, als hätten sie einen Charakterzug gemeinsam, Sturheit. Außerdem besaß Kira einen starken Sinn für

Verantwortung, was bedeutete, dass sie ihre Probleme nicht von anderen lösen ließ.

Sie hatte genug von der Unterhaltung an der Tür gehört, um zu wissen, dass Gregory die Stadt noch nicht verlassen oder seine Rache aufgegeben hatte. So wie es klang, hatte Ariks Sicherheitsmannschaft ihn von ihrem Apartment verjagt, doch was war mit dem Friseurladen? Mit der Pizzeria ihrer Tante? Dem Fischladen ihres Onkels?

Es kam ihr in den Sinn, ihre Familie anzurufen und nach ihr zu sehen. Doch sie sah kein Telefon im Schlafzimmer. Aber Arik hatte ein Touchscreen-Display in der Wand, das ihr, als sie darauf tippte, in einer wohlklingenden weiblichen Stimme sagte: „Biometrische Erkennung fehlgeschlagen. Menüzugriff verweigert."

Es war ja klar, dass der Kerl die innovativste neue Technologie haben musste. Wie sehr sie die Zeit von Kabeltelefonen vermisste, und natürlich war das Handy in ihrer Handtasche tot. Erneut. Sie hasste es wirklich, dass man das verdammte Ding ständig laden musste.

Da sie niemanden kontaktieren konnte, machte Kira kehrt und ging ins Badezimmer, wobei sie auf dem Weg das Badetuch wegwarf.

Sie wollte hier raus, doch eines nach dem anderen; sie brauchte Kleidung. Der Stapel, den sie vor dem Nickerchen auf dem Waschtisch gefaltet hatte, war immer noch etwas feucht vom Dampf der heißen Dusche. Es war ihr egal. Sie zog sich schnell an und zuckte nur ein wenig zusammen, als sie ihre Unterwäsche anzog. Sie war immer noch relativ frisch, da sie sie nur kurz an diesem Morgen getragen hatte.

Sie blickte in den Spiegel und verzog das Gesicht, als sie sah, was für ein unansehnliches Durcheinander sie darstellte. Das Durchwühlen der Waschkommode brachte ihr eine Haarbürste ein und aus ihrer Handtasche zog sie einen Haargummi. Es dauerte nur einen kurzen Augenblick, um ihr nasses Haar zu einem Haarknoten zusammenzustecken, eine Notwendigkeit, da sie sich nicht überwinden konnte, der Welt mit nassen Strähnen, die ihr ins Gesicht hingen, gegenüberzutreten.

Bereit zu gehen stand sie an der Eingangstür der Wohnung einem Dilemma gegenüber. Ein Zerren am Griff zeigte, dass sie abgesperrt war. Es gab ein Schlüsselloch, doch das benötigte einen Schlüssel oder einen Dietrich und das Können, ihn zu benutzen, was sie nicht hatte. Sie blickte auf den Touchscreen neben der Tür. Sie erwartete nicht, dass es funktionierte, doch sie versuchte es trotzdem und tippte darauf. Das dumme Kontrollfeld piepste seine ärgerliche Nachricht.

„Zugriff verweigert."

„Argh!" Sie hielt einen Aufschrei der Frustration zurück. Eingesperrt. Eine Gefangene, auch wenn Arik es nicht absichtlich gemacht hatte. Aber andererseits hätte er es wahrscheinlich absichtlich gemacht, wenn er gewusst hätte, dass sie vorhatte zu verschwinden.

Der Mann hatte wirklich Neandertaler-Charakterzüge an sich, wenn es um den Platz einer Frau ging, und er schien überzeugt zu sein, dass ihr Platz bei ihm war. Sie ignorierte den Anfall von Freude zugunsten von Wut.

Sie konnte nicht hierbleiben. Sie musste Dinge erledigen, nach Leuten sehen, die Pläne eines Mannes vereiteln.

In Ariks Wohnzimmer, das eine luxuriöse Männerhöhle gewaltigen Ausmaßes war, beruhigte sich ihre Wut nicht. Sie ignorierte den enormen Fernseher. Sie starrte auf das polierte Bambusparkett. Sie vermied es, gegen die großen ledernen Kinositze mit integrierten Becherhaltern zu laufen. Ihr fiel das riesige Kissen auf dem Boden auf, das gegenwärtig in Sonnenstrahlen gebadet war. Angesichts der goldenen Haare, die sie daran bemerkte, musste sie sich fragen, ob er ein Haustier besaß – ein ziemlich großes Haustier, wenn man das Bett des Tieres betrachtete.

Plötzlich verkündete eine weibliche Stimme: „Zugang gewährt." Mit einem Klicken schwang die Tür zur Eigentumswohnung auf. Eine junge Frau in einer schwarzen Hose und einer weißen Bluse schob einen Servierwagen herein, auf dem einige abgedeckte Teller standen.

„Wie sind Sie hereingekommen?" Kira keuchte.

„Durch die Tür", antwortete die verwirrte Frau.

Eine Tür, die ihre Versuche, sie zu öffnen, verspottete. „Aber wie? Wer hat Ihnen Zugang erteilt?"

„Arik natürlich."

„Er ist im Flur?" Kira kam nicht umhin, den Kopf zu strecken, um zu sehen, wo er herumlungerte.

Die junge Frau lachte, als sie den Kopf schüttelte. „Nein. Ich meinte, dass er mir einen einmalig gültigen Zugang erteilte, als er das Essen bestellt hat."

Also war es nicht nur Arik, der die Touchscreens benutzen konnte. Sie konnten auch für andere Leute programmiert werden – nur nicht für sie.

„Ich habe Ihnen Frühstück gebracht, Ma'am", sagte die Angestellte, als sie auf den Wagen zeigte.

Der Roomservice war eingetroffen, doch was noch wichtiger als das Essen war, sie hatte ihr eine Fluchtmöglichkeit gebracht.

Kira schritt auf sie und die offene Tür zur Freiheit zu. „Danke, aber ich muss fort."

Die Kellnerin positionierte sich in der Tür. „Es tut mir leid, Ma'am, aber meine Anordnungen sind, Ihnen das Essen zu bringen und sie nicht gehen zu lassen."

Kira blieb neben dem Servierwagen stehen. „Oh. Aber ich habe einen Termin, zu dem ich muss."

„Es tut mir wirklich leid, aber ich habe meine Anweisungen."

Mit einem Achselzucken seufzte Kira und drehte sich zu den silbernen Kuppeln auf den Tellern. „Verstehe. Dann muss ich wohl auf Arik warten. Was steht auf der Speisekarte?"

Die Kellnerin trat näher und lehnte sich vor, um nach den Griffen an den Kuppeln zu greifen, hob sie an und enthüllte die Teller darunter.

Nicht dass Kira sich dafür interessierte oder das Essen auch nur eines Blickes würdigte. Bevor die Kellnerin reagieren konnte, stürmte Kira an ihr vorbei zum Aufzug. Er war immer noch geöffnet, also huschte sie hinein, nur um wieder einem verdammten Touchscreen gegenüberzustehen. Wie hatte sie die ganze Technologie beim Weg nach oben nicht bemerkt? *Wahrscheinlich weil jemand mich abgelenkt hatte.*

Obwohl sie wusste, dass es nichts bringen würde, drückte sie ihren Daumen auf den Bildschirm. Er bat sie, sich zu identifizieren.

„Fick dich und dein Zugang verweigert", knurrte Kira, als das verdammte Ding ihren Fluchtplan vereitelte.

„Kommen Sie zurück", schrie die Kellnerin, nachdem sie die Abdeckungen weggelegt hatte und entschlossenen Schrittes auf sie zukam.

Kira hämmerte frustriert auf den Touchscreen. Scheiße. Oder vielleicht nicht.

Die Türen schlossen sich, bevor die Kellnerin sie erreichte. War die Zunge, die sie herausstreckte, kindisch? Wahrscheinlich, aber sie tat es trotzdem.

Der Aufzug fuhr hinab und Kira betrachtete die

Nummern, die über der Tür aufleuchteten, nur um frustriert zu stöhnen, als sie weit vor ihrem Ziel stoppten.

Als die Tür sich öffnete, gab Kira sich lässig und starrte auf ihre Fingernägel, die angesichts der abgeplatzten Nagelpolitur dringend eine Maniküre benötigten.

Zwei junge Frauen traten ein. Beide hatten blonde lange Haare, die durcheinander waren und dringend eine heiße Öl-Behandlung sowie einen anständigen Schnitt und Stufen brauchten.

Wie sehr sie sich gerade eine Schere und mindestens zehn Minuten mit jeder von ihnen wünschte. Aber sie war nicht hier, um Beauty-Ratschläge zu geben. Sie floh vor einem Größenwahnsinnigen – mit einem heißen Hintern und noch heißeren Küssen –, damit sie sich um ihren psychopathischen Exfreund kümmern konnte. Ein viel aufregenderes Leben konnte eine Friseurin nicht haben.

Während sie Desinteresse vortäuschte, versuchten die neuen Insassen nicht, ihre Neugier zu verbergen.

Der Aufzug fing wieder an sich zu bewegen und Kira tat ihr Bestes, um die anderen Passagiere zu ignorieren. Diese hingegen starrten Kira ungeniert an, bis sie herausplatzte: „Was? Warum schaut ihr mich so an?"

Zu ihrer Überraschung leugneten sie ihr Interesse nicht. „Wir versuchen zu sehen, warum Arik dich gewählt hat."

„Ihr kennt ihn?"

Die Frage traf auf Kichern. „Natürlich kennen wir ihn. Jeder, der in diesem Gebäude wohnt, kennt ihn."

Jede Frau zumindest, würde Kira wetten, nicht ganz ohne einen Hauch Eifersucht. Aber andererseits, wer konnte es ihr verübeln? Ariks gutes Aussehen gepaart mit seiner mächtigen Präsenz machten es unmöglich, ihn zu ignorieren.

„Also, seid ihr beide schon länger ein Paar?", fragte eines der Mädchen.

„Wir haben uns erst kürzlich kennengelernt", antwortete Kira.

„Und er bringt dich bereits mit nach Hause, um das Rudel kennenzulernen."

Wen kennenzulernen? Kiras Augenbrauen kräuselten sich.

„Ich habe gehört, dass es so abläuft", antwortete die mit dem Spliss mit einem weisen Kopfnicken, was nicht zu den Piercings in der Nase und der linken Augenbraue passte. „Ein Schnüffeln und Peng. Fürs Leben verbunden."

Kira blinzelte. „Entschuldigung? Ich bin nicht sicher, ob ich verstehe." Das tat sie wirklich nicht. Beide machten Anspielungen, die keinen Sinn für sie ergaben. Vielleicht war das blonde Haar nicht natürlich und die Mädchen hatten mehr Dämpfe eingeatmet, als gesund war.

„Ich denke, sie weiß es nicht", sagte das nicht gepierctes Mädchen, den Kopf zur Seite neigend. „Oh, Junge. Warte nur, bis sie es herausfindet."

„Was herausfindet?", fragte die nächste Person, die den Aufzug betrat, der auf einem weiteren Stockwerk gehalten hatte.

„Das ist Ariks, ähm, *Freundin*", kicherte die mit den Piercings.

„Wirklich?" Bernsteinfarbene Augen, die denen von Arik und auch denen der beiden Mädchen sehr ähnlich waren, studierten sie von Kopf bis Fuß.

Sie widerstand dem Drang, sich zu winden.

„Ich habe etwas ... Größeres erwartet."

Wieder nagte dieses Gefühl an Kira, dass sie etwas verpasste, doch es interessierte sie nicht genug, um es zu verfolgen.

Als die Türen sich wieder öffneten, endlich zur Lobby, konnte Kira nicht schnell genug aussteigen, um der verrückten Gesellschaft zu entfliehen, die sie gerade getroffen hatte.

Doch sie waren nicht wirklich scharf darauf, sie gehen zu lassen.

Buchstäblich.

Das Mädchen mit den Piercings packte Kira am Arm und fing an, sie zu den Couchen im Aufenthaltsbereich der Lobby zu ziehen.

„Ähm, was machst du?", fragte Kira, als sie sanft versuchte, sich loszureißen. Vergeblich. Die junge Dame hatte einen festen Griff und sie würde ihn nicht lösen.

„Du musst die Gang kennenlernen."

„Dafür habe ich wirklich keine Zeit. Ich muss los."

„Weiß Arik, dass du gehst?" Die Frage kam von ihrer Freundin.

„Warum ist es wichtig, ob er es weiß?"

Das Mädchen lachte. „Oh, das ist unbezahlbar. Warte, bis die anderen davon erfahren. Hey, Lolly, du musst Ariks neue Freundin kennenlernen."

Mehrere bernsteinfarbene Augenpaare schossen zu ihr und Kira versuchte nun offensichtlicher sich loszureißen.

Und versagte.

„Hey, wie heißt du eigentlich?", fragte das Mädchen mit den Piercings, wobei sie absichtlich Kiras Versuche, sich aus ihrem Griff zu winden, ignorierte.

Ein lautes Seufzen verließ sie, bevor sie antwortete. „Kira."

„Süßer Name. Ich bin Zena und das ist meine Cousine, Reba. Und diese andere Dame, die mit uns gefahren ist, war Tante Kate."

„Freut mich, euch kennenzulernen, wirklich, aber ich

muss los."

„Sicher musst du das. Aber du kannst nicht gehen, bevor du die Gang nicht kennengelernt hast. Das dauert nur eine Minute, oder zwei, versprochen."

Gegen ihr besseres Urteilsvermögen und da sie nicht wirklich eine Chance hatte, ließ Kira sich zu einer neugierigen Gang aus Frauen schieben. Und sie meinte Gang.

Eine lächerliche Anzahl bernsteinfarbener Augen und nur wenige blaue und braune fokussierten sich auf Kira. Die meisten der Frauen hatten goldene Mähnen, aber ein paar hatten auch dunklere, und eine hatte sogar einen strahlend roten Schopf aus krausen Locken.

Und sie alle waren nicht subtil, wenn es darum ging, Kira von Kopf bis Fuß zu mustern.

Zena zog sie direkt in die Mitte der neugierigen Blicke und verkündete. „Hey zusammen, ich will euch Ariks *Freundin* vorstellen. Ihr Name ist Kira."

Die seltsame Betonung blieb nicht unbemerkt, doch sie wusste nicht, was sie bedeutete. Noch verstand sie, warum so viele Nasen zu zucken begannen. Sie hatte sich geduscht und obwohl sie kein Deodorant trug, schwitzte sie nicht und sollte nicht stinken. Doch man konnte nicht abstreiten, dass die anwesenden Frauen an ihr schnüffelten und dass ein paar ihre Nasen rümpften.

„Niemals", behauptete eine der älteren Frauen und ihr Gesicht verzog sich abgeneigt. „Das glaube ich keine Sekunde. Seine Mutter würde es nie erlauben."

„Er hat sie aber mit nach Hause gebracht", sinnierte eine weitere. „Das hat er noch nie zuvor getan."

„Und hat er sie da am Hals markiert?"

Plötzliche Stille kam auf, als ihre Blicke sich auf den Knutschfleck fixierten, den Arik ihr verpasst hatte, und der nicht vom Kragen ihres Shirts verdeckt wurde.

Was würde sie nicht für einen Schal geben, und eine Möglichkeit, dieser wirklich seltsamen Gruppe zu entfliehen. Wieso waren sie von Arik und seinem Sexleben so besessen?

„Es war wirklich nett, euch kennenzulernen", sagte Kira, wobei sie einen Schritt zurück machte. Dann einen weiteren. Nur um zu stoppen, als sie bemerkte, dass sie von allen Seiten eingekreist war.

„Wie lange trefft ihr euch schon?"

„Weiß er, dass du versuchst zu verschwinden?"

„Wie habt ihr euch kennengelernt?"

Fragen prasselten von allen Richtungen auf sie ein. Eingeschüchtert beantwortete Kira die einfachste. „Wir haben uns im Friseursalon meines Großvaters kennengelernt."

Ein *ooh* ging durch die Menge, zusammen mit Kichern und verschmitztem Grinsen.

Zena wagte es zu fragen: „Bist du diejenige, die ihm das Büschel Haare aus seiner Mähne geschnitten hat?" Die Frage ließ sie alle verstummen und Stille kehrte ein, als sie auf ihre Antwort warteten.

„Ja, aber zu meiner Verteidigung, er hat sich damals wie ein frauenfeindliches Arschloch benommen."

Offensichtlich war das die richtige Antwort, denn Gelächter brach aus. Einige der jüngeren Mädchen kicherten so stark, dass sie von den Rückenlehnen der Couchen fielen. Es schien ihnen nichts auszumachen. Sie landeten in einer seltsamen Grazie auf dem Boden und kugelten sich vor Freude.

„Oh mein Gott, hast du das wirklich? Du hättest ihn hören sollen, als er nach Hause gekommen ist", sagte Reba, die so stark kicherte, dass ihr Tränen in die Augen stiegen. Sie nahm eine tiefe Stimme an. „Meine Mähne. Meine kostbare Mähne. Sie hat sie ruiniert." Rebas Arme legten sich um ihren Bauch, als sie sich krümmte und nach Luft rang.

Kira biss sich auf die Lippe und versuchte, nicht auch in Gelächter auszubrechen. Ihre Aktion tat ihr irgendwie leid. Aber nach ihren Kommentaren zu urteilen, schienen die Frauen um sie herum das von Herzen zu befürworten.

„Es wurde auch Zeit, dass ihn wer zurechtstutzte. Er wurde ein wenig zu größenwahnsinnig."

„Was erwartest du von einem verzogenen Mamakind?"

„Wenn du mich fragst, sieht er mit den kurzen Haaren viel besser aus."

Ja, tat er, doch Kira gefiel es nicht, dass die anderen das bemerkt hatten.

„Hey, da du ja Friseurin bist, hast du einen Vorschlag, was ich mit diesem Mopp tun könnte?" Reba packte ihre formlosen Strähnen und blickte sie hoffnungsvoll an.

Wenn es darum ging, Haare zu reparieren, konnte Kira nicht widerstehen. Nicht wenn das junge Mädchen so dringend Hilfe mit ihrem Schopf brauchte.

Aber erst, als ein gewisser breitschultriger Kerl in einem Anzug auf sie zukam, während sie gerade dabei war, Lolly einen spontanen Haarschnitt zu geben – dank der Schere von der strickenden Tante Polly – kam sie zu der Vermutung, dass die Frauen sie hingehalten hatten. Sie hatten sie gerade lange genug beschäftigt, um sie zu verpfeifen.

Als sie das realisierte, ließ sie die Schere fallen, wirbelte herum und stürmte Richtung Türen. Sie hatte nicht genug Zeit, um den Armen zu entkommen, die sie einfingen.

„Und wo genau, denkst du, dass du hingehst?", fragte er.

Ihre Antwort „zurück ins Gefängnis" fand er nicht so lustig wie die Frauen.

Kapitel 17

ARIK BEENDETE SEIN LETZTES MEETING UND WAR überrascht zu sehen, dass die Schar, die vor dem Besprechungsraum darauf gewartet hatte ihn abzufangen, zu einem Nichts geschrumpft war. Offenbar hatten sie von seiner schlechten Laune gehört und entschieden, sich selbst um ihre Angelegenheiten zu kümmern.

Was ihm zugute kam. Er konnte es kaum erwarten, zu Kira zurückzukehren, die hoffentlich immer noch dieses Badetuch trug, oder noch besser, gar nichts.

Deshalb war er nicht glücklich, als jemand ihm auf dem Weg zum Aufzug auflauerte.

Seine kleine Cousine Nexxie stand, die Arme vor ihrem neonfarbenen Top verschränkt, vor dem Bedienfeld. Ihr zerzaustes Haar hing in bunten Strähnen herunter – Rosa, Blau, Grün, Violett. Sie sah aus, als hätte ihr ein Regenbogen auf den Kopf gekotzt.

„Aus dem Weg", befahl er, da er sich nicht mit dem launischen Teenager auseinandersetzen wollte.

„Ich haue nicht ab, bis du etwas gegen sie unternimmst."

„Ich habe keine Zeit für jegliches Drama, in das du mich hineinziehen willst." Er hob sie hoch und hievte sie beiseite, sodass er den Aufzug anfordern konnte.

„Nimm dir Zeit. Es geht um Leben oder Tod."

Tat es das nicht immer? „Ich bin sicher, du kannst das selbst regeln."

„Normalerweise würde ich das." Nexxie hielt eine Faust hoch und schüttelte sie, um ihre Aussage zu unterstreichen, nur um sie dann wieder fallen zu lassen, als sie hinzufügte: „Aber Melly meinte, du hättest wahrscheinlich ein Problem damit, wenn ich das Gesicht deiner Freundin verunstalte, besonders da sie ein Mensch ist."

Anstatt in den offenen Aufzug zu steigen, erstarrte Arik und drehte sich zu seiner Cousine. „Wenn du Freundin sagst, sprichst du dann von Kira?" Was unmöglich sein sollte. Er hatte sie in seinem Penthouse eingesperrt. Aber er hatte ihr auch Essen von einer Küchenkraft bringen lassen. Hatte Kira diese Chance genutzt, um zu fliehen? Die Antwort war, um es in den Worten seiner vielen kleinen Teenager-Cousinen auszudrücken, ein schallendes *Ähhh, Jaaa!*

Ich wusste, dass sie mir etwas vormacht. Bei der ersten Gelegenheit fliehen. Das hatte sie sich so gedacht.

Wir werden sie jagen und ihr zeigen, wer der Boss ist. Er würde an ihren zarten Stellen knabbern, bis sie nicht mehr daran dachte, zu fliehen.

„Ist diese Kira eine Friseurin?"

Er nickte.

„Dann ja, das ist sie. Und du musst etwas wegen ihr unternehmen. Wusstest du, dass sie denkt, ich sollte meine Haare kürzer tragen? Und braun färben!" Seine Cousine erstickte fast an dem letzten Satz. „Sie muss aufgehalten werden."

Ein Nerv in seinem Kinn kitzelte. Er biss sich in die Wange. Seine Lippe zuckte. Es half nichts. Er lachte.

Nexxie stampfte mit ihren Kampfstiefeln auf. „Das ist nicht lustig! Diese Friseurin will, dass ich respektabel und hübsch aussehe. Das ist einfach falsch!"

Endlich etwas, das er gegen seine kleine Cousine benutzen konnte. „Dann benimm dich besser, oder ich befehle dir als dein Alpha, es machen zu lassen."

Ihre Augen wurden schmal. Sowohl herausfordernd als auch zweifelnd sagte sie: „Das würdest du nicht wagen."

„Ich bin der Alpha. Ich würde es. Und sie ebenfalls. Oder ist dir entgangen, was mit meiner Mähne passiert ist, als ich sie verärgert habe?" Er ging nicht darauf ein, dass ihm sein neues Aussehen ziemlich gefiel. Alles, was diese Unruhestifterin im Zaum halten könnte, war eine kleine Notlüge wert.

Nexxies scharfe Zähne bissen besorgt auf ihre Unterlippe. „Was, wenn ich verspreche, mich von ihr fernzuhalten?"

„Du musst schon mehr anbieten. Du wirst dich von deiner besten Seite zeigen müssen, um der Schere zu entgehen." Er hielt die Finger vor ihr hoch und stellte ein Schnippeln nach.

Sie wich zurück. „Welche beste Seite?"

„Fangen wir mit besseren Noten an."

Ihre Schultern sackten herunter, als sie seufzte: „Okay."

„Gut. Bleib brav und ich sorge dafür, dass Kira dir mit Föhn und Bürste fernbleibt. Apropos Kira, wo genau kümmert sich meine Gefährtin um die Haare des Rudels?"

„In der Lobby. Ein paar der Mädchen haben sie erwischt, als sie versuchte zu verschwinden, und als wir fragten, ob du davon wüsstest …"

Sie versuchte Katzen anzulügen und wurde erwischt.

Zumindest schienen die Frauen seines Rudels nicht vorzuhaben, ihr zu schaden, lediglich sie aufzuhalten.

Was bedeutete, dass er eine wütende Kira sehen würde, wenn er zurückkam. Aber das Spiel von Verrat konnte man auch zu zweit spielen.

Sie hatte versucht zu verschwinden. Sie hatte ihr Versprechen gebrochen, was fürs Erste Rache bedeutete. Und als Zweites musste sie erkennen, was sie war. *Mein.*

Es war an der Zeit, dass sie lernte, was das bedeutete.
Es ist Zeit, ihr zu zeigen, mit wem sie es zu tun hat.
Zeit, sein inneres Tier zu enthüllen.
Rawr.

Kapitel 18

FLUCHT VEREITELT.

Starke Arme fingen sie ein.

„Lass mich los."

„Nein."

Ein erbarmungsloser Griff warf sie über eine breite Schulter. Und nicht eine Person versuchte, ihn zu stoppen. Im Gegenteil, die meisten sahen belustigt aus oder kicherten unverhohlen.

„Lass mich runter."

„Nein."

„Arik!" Sie knurrte praktisch seinen Namen.

„Habe ich schon erwähnt, wie sehr ich es mag, wenn du meinen Namen so sagst? Und ich meine *wirklich* mag." Sein geschnurrter Tonfall ließ keine Zweifel daran, worauf er anspielte.

Sie versuchte es mit einer anderen Taktik und wandte sich an die Frauen, zu denen sie gerade beim Haareschneiden eine Verbindung aufgebaut hatte. „Wollt ihr einfach dastehen und zulassen, dass er mich wieder entführt?" Sie blickte in Zenas Augen und warf ihr einen flehenden Blick zu.

Aber ihre neue Freundin mit ihrer neuen schicken, gefederten und gestuften Frisur zuckte nur mit den Schultern. „Er ist der Alpha."

Was für Zena scheinbar alles erklärte, doch Kira nur noch mehr verwirrte. Wieso waren all diese Frauen so von Arik eingeschüchtert? Waren sie ihm hörig?

Sobald er sie in der Aufzugskabine auf die Füße stellte, legte sie ihre Hände an ihre Hüften und hielt eine Strafpredigt. „Was zum Teufel, großer Mann? Du kannst mich nicht einfach wie einen Sack Kartoffeln herumschleppen."

„Warum nicht?"

„Weil man das nicht macht. Ich bestehe darauf, dass du mich sofort gehen lässt."

„Du hast versprochen, dass du nicht verschwinden würdest."

„Was hätte ich sonst sagen sollen, nachdem du klargemacht hast, dass du mich hier gefangen halten wolltest?"

„Gefangen halten beinhaltet eine Zelle. Mein Penthouse mit all seinen Annehmlichkeiten kann man wohl kaum so bezeichnen."

„Nein, aber die Tatsache, dass ich nicht gehen kann, schon. Ein goldener Käfig ist immer noch ein Käfig."

„Einer, der dich beschützen soll. Dein Ex hat noch nicht aufgegeben."

Bei seiner Aussage erstarrte sie. „Was meinst du?"

„Er hat versucht, sich deiner Wohnung zu nähern. Und hat vor Kurzem erst im Friseursalon angerufen und dich gesucht."

„Meine Familie –"

„Sie ist sicher. Ich lasse sie alle von meinen Leuten beschützen. Dieser Gregory wird sich ihnen nicht nähern oder sie verletzen. Aber das zeigt, dass es da draußen nicht sicher für dich ist."

Vielleicht nicht, aber sie war nicht gänzlich überzeugt, ob es hier mit ihm nicht auch unsicher war. Etwas war seltsam an dieser Situation. Von der Art, wie er immer wieder darauf bestand, dass sie zu ihm gehörte, bis zu der verrückten Tatsache, dass alle Frauen, die sie unten kennengelernt hatte, nicht von seinen Handlungen überrascht waren.

Wo war sie da hineingeraten? War sie versehentlich in eine Sekte gestolpert, die Arik anführte? Das würde vieles erklären und brachte sie dazu zu sagen: „Ich werde kein Teil deines Harems werden."

Arik lehnte sich gegen die Wand des Aufzugs und studierte sie, wobei seine bernsteinfarbenen Augen vor Heiterkeit funkelten. „Mein Harem?"

„Du weißt schon, diese Frauen unten, die scheinbar alle denken, dass du eine Art Gott bist, dem gehorcht werden muss."

Seine Lippen zuckten. „Ich wünschte, sie würden mir gehorchen. Meistens machen sie mich einfach nur verrückt."

„Also leugnest du nicht, dass du ihr Anführer bist?"

„Warum die Wahrheit leugnen? Sie unterstehen mir. Das ganze Rudel tut das."

Da war dieses Wort wieder. Rudel. Mit allem anderen, was sie bis jetzt gehört hatte, schien es so, als würde er sich als Anführer eines Löwenrudels sehen. Wieso nannte er es nicht bei seinem richtigen Namen, Gang oder Sekte?

„Nun, was auch immer ihr seid, oder was auch immer ihr anbetet, ich will nicht Teil davon sein. Ich stehe nicht auf Haremsspielchen oder religiöses Zeug. Also, wenn du nichts dagegen hast und obwohl ich sehr schätze, was du für mich tun willst, würde ich lieber gehen."

Starke Arme verschränkten sich vor seiner Brust. „Nein."

„Ich fange langsam an zu verstehen, wie geistig gesunde Menschen zu Mördern werden." Sie blickte ihn finster an.

Er lächelte. Der Arsch.

Sie kämpfte gegen den Drang an, das Lächeln zu erwidern. Befahl ihren Knien nicht zu zittern, oder sonst ... Was *sonst* wusste sie nicht, nur dass sie seiner Anziehungskraft widerstehen musste.

„Oh, Kira. Es gibt so vieles, was du nicht verstehst."

„Dann erklär es mir, weil ich es verdammt nochmal leid bin, zu denken, dass ich etwas verpasst habe." Ein riesiges Puzzle, bei dem ihr das letzte wichtige Teil fehlte, das Teil, das dem Rest Sinn geben würde.

Der Aufzug stoppte im obersten Stockwerk und die Türen glitten auf. Da sie nirgends hinlaufen konnte, folgte Kira Arik zurück in seine Wohnung, blieb jedoch auf Abstand und zog es vor, an der großen Fensterfront auf und ab zu gehen. Die atemberaubende Aussicht konnte ihre Aufmerksamkeit aber nicht lange halten, nicht, wenn *er* im selben Raum war.

Er nahm sich einen Augenblick, um sein Jackett auszuziehen und seine Krawatte zu lockern, bevor er sie auf die Couch fallen ließ, ohne die Tatsache zu verheimlichen, dass er sie beobachtete.

Zeit für einige Antworten. „Also", sagte sie und stemmte die Hände in ihre Hüften, „wirst du mir jetzt erklären, was zum Teufel hier wirklich vor sich geht?"

„Maus, du bist so köstlich, wenn du temperamentvoll bist."

„Fang nicht wieder an, mit mir zu flirten. Ich will Antworten."

„Und ich will dich." Das Lodern in seinen Augen passte gut zu dem sinnlichen Lächeln, das er ihr zuwarf.

Sie versuchte, sauer auf ihn zu sein, ihre Gedanken auf Kurs zu halten, und dann sagte er etwas so herrlich Besitzergreifendes und sah so verdammt lecker aus. Wie sollte sich ein Mädchen gegen diese Anziehungskraft wehren? Vielleicht, indem sie mit ihrem angeblichen Sexappeal zurückschlug, dem er nicht widerstehen konnte.

„Weißt du was? Ich will dich auch, aber es ist schwierig für mich, einen Mann zu akzeptieren, der mich wie ein fragiles Dummchen behandelt, das die Wahrheit nicht ertragen kann."

„Eher wie eine fragile Puppe."

„Wage es nicht, mich mit einem Plastiksexspielzeug zu vergleichen, das du ausziehen kannst und das anatomisch korrekt ist. Anders als eine Aufblaspuppe werde ich pampig, da ich echt bin."

Sein Gelächter kam laut und unverfroren. „Mein Gott, Maus. Du sagst die verrücktesten Dinge."

Und er fand sie lustig. Nicht jeder verstand ihren oft sarkastischen und sehr spitzen Humor. Er neckte sie, aber wurde nicht sauer, wenn sie sich wehrte. Ein weiterer Grund, ihn zu mögen. Diesen Arsch.

„Ja, du weißt nie, was mein Mund machen wird." Sobald sie die Worte gesagt hatte, sah sie sein verschmitztes Grinsen. Sein Zwinkern. Und sie hatte sein „Mir fiele da schon etwas ein" erwartet, doch es zu erwarten verhinderte nicht, dass sie errötete.

Sie schottete ihren Verstand gegen die Bilder ab, die sich manifestierten, von sich auf den Knien, eine Hand um seinen –

Hör auf, an so etwas Schmutziges zu denken. Sie lenkte ihre Gedanken in eine andere Richtung. „Warum bist du so versessen darauf, mir an die Wäsche zu gehen? Warum ich? Ich bin sicher, du kannst jede Frau, die du möchtest, dazu bekommen, mit dir zu schlafen. Ich verstehe nicht, warum du unbedingt mit mir ins Bett musst."

„Weil du mein bist."

Als ob das die einzige Antwort wäre, die sie brauchte. „Sorry, aber das reicht einfach nicht. Warum denkst du, dass ich dein bin?" Was sah er in ihr?

Obwohl es Kira nicht an Selbstwertgefühl fehlte und es ihr auch nicht wichtig war, was andere dachten, gab es einen weiblichen Teil von ihr, der wissen wollte, was er fühlte. Der sich aus seinem Blickwinkel sehen wollte. Was fand er an ihr?

„Macht es Sinn, dass ich deine streitlustige Art sowohl liebe als auch hasse?"

„Tut mir so leid, Meister. Soll ich auf die Knie gehen und eure Zehen küssen?"

„Würdest du das?"

Sie schnaubte. „Nein."

Ein Lachen rumorte. „Dachte ich auch nicht. Noch ein Grund, warum ich dich mag. Du kannst selbst für dich einstehen."

„Nur nicht bei Gregory." Warum sie diese Schwäche zugab, konnte sie nicht sagen. Vielleicht um ihm zu zeigen, dass sein Bild von ihr Fehler hatte.

„Erzähl mir von ihm. Warum macht er dir solche Angst? Denn ich habe den Eindruck, dass es nicht vieles gibt, was dir Angst einjagt." Er bewegte sich auf der Couch nach links und klopfte auf den leeren Platz neben sich.

Da sie sich komisch fühlte, über ihm zu stehen, ließ sie sich auf der butterweichen Couch nieder. Sie fuhr mit ihrer

Hand über das Material und konzentrierte sich darauf anstatt auf ihn. Nur Zentimeter trennten sie von Arik, eine Tatsache, der sie sich nur allzu bewusst war. Sie sollte sich wegbewegen. Doch wegzurutschen, wenn auch nur ein paar Zentimeter, oder auf die Füße zu springen, bedeutete zuzugeben, dass er Einfluss auf sie hatte. Der Mann war schon so arrogant genug. Sie musste ihn nicht auch noch ermutigen.

Sie bemerkte, dass er starrte, und realisierte, dass er auf eine Antwort wartete. Über Gregory sprechen. Was gab es da zu sagen? „Wir hatten ein paar Dates. Er wurde sehr schnell sehr anhänglich. Wie jemand anderes, den ich kenne", knurrte sie mit einem spitzen Blick in seine Richtung.

Völlig unverfroren lächelte er so breit, dass sich ein Grübchen zeigte.

Gregory hatte auch ein Grübchen und es kam nicht nur zum Vorschein, wenn er lächelte. Sondern auch, wenn er wütend war.

„Ich bin rein gar nicht wie dieser Hund." So viel Verachtung für einen Mann, den er noch nie getroffen hatte.

„Nein, bist du nicht. Zum einen hattest du mich im Bett, und das auch noch schnell." Ein gesundes Sexleben bedeutete nicht, dass sie mit jedem ins Bett sprang. In der Vergangenheit ließ sie die Männer, mit denen sie ausging, mindestens einen Monat lang warten. Mehrere Ausflüge und Unterhaltungen halfen ihr, die Kerle auszusortieren, die nur an One-Night-Stands interessiert waren, und die, die nicht zu ihr passten. Sie folgte immer dieser Ein-Monats-Regel, außer bei Arik.

Und das Schlimmste war, dass sie es wieder tun würde. Etwas an Arik ließ sie explodieren, steckte sie in Brand, und auch wenn sie das nervte, konnte sie nichts dagegen tun.

Egal, was es aussagte, sie rutschte ein paar Zentimeter weg. Er bemerkte es, aber sagte nichts, da er viel zu stolz auf sich war, sie in Rekordzeit verführt zu haben.

„Das liegt daran, dass du und ich füreinander bestimmt sind."

„Nun, Gregory dachte das auch. Aber ich wusste schon sehr früh, dass er nicht der richtige Kerl für mich war. Aber weil er süß und beharrlich war, datete ich ihn weiter."

„Ich date nicht. Ich nehme."

„Ja, ich weiß, Captain Höhlenmensch. Und irgendwann wollte auch Gregory ein Stückchen vom Kuchen. Aber ich sagte nein." Offensichtlich die falsche Antwort.

„Ich nehme an, dass er die Antwort nicht gut aufgenommen hat."

„Zuerst schon. Er sagte, dass es zeige, dass ich gute Moralvorstellungen habe. Dass ich eine wahre Lady sei."

„Nein, im Bett nicht." Die unanständigen Worte ließen sie erneut erröten.

Der Mann hatte ein Händchen dafür, verschiedene Teile von ihr heiß werden zu lassen. Sie ignorierte es und fuhr mit ihrer Geschichte fort. „Ich fing an, seine Anrufe zu ignorieren. Bat ihn, mich in Ruhe zu lassen. Sagte ihm, dass ich kein Interesse mehr an ihm hatte. Er wurde sauer. Fing an, herumzuschreien und mich zu beschimpfen." Eine dieser Beschimpfungen hatte Arik an ihrer Tür gesehen. „Das erste Mal, als es passiert war, tauchte er am nächsten Tag mit Blumen als Entschuldigung auf und versprach, dass er das nie wieder tun würde. Ich nahm seine Entschuldigung an, wollte aber nicht mehr mit ihm ausgehen."

„Fingen da die richtigen Bedrohungen an?"

Sie nickte. „Nachrichten auf meiner Windschutzscheibe, Notizen an meiner Tür. Er wollte mich zurück. Er hasste mich. Ich war das Beste auf der ganzen Welt. Ich war ein Dämon, der die Welt zerstören wollte." Die Höhen und Tiefen von Gregorys Wutausbrüchen erschreckten sie noch immer.

„Das Arschloch hat dich gestalkt."

„Ja. Und die Polizei konnte nicht wirklich etwas dagegen unternehmen. Sie konnten ihn so oft sie wollten verwarnen. Keine einstweilige Verfügung hielt ihn auf Abstand. Er wurde nur verschlagener, wenn er mich stalkte, und ließ keine Beweise zurück, dass er es war."

„Lauter kleine Nummern bis zur großen. Dem Feuer."

Sie runzelte die Stirn. „Woher weißt du davon?"

„Ich habe dich überprüfen lassen." Zumindest log er nicht. Doch das bedeutete nicht, dass ihr das gefiel.

Mit durchgestreckter Wirbelsäule blickte sie ihm in die Augen. „Du hast was getan?"

„Ich habe Nachforschungen über dich anstellen lassen. Als ich die Nachricht an deiner Tür sah, konnte ich deine Angst spüren. Das gefiel mir nicht, und da ich gewisse Verbindungen habe, entschied ich mich, alles über den Kerl, der dich stalkt, herauszufinden. Das Feuer in deinem alten Friseursalon war eine der Sachen, die aufgetaucht sind."

„Und was hast du noch herausgefunden?"

„Dass du eine Schwester hast, die mit deinen Eltern in dem Haus wohnt, in dem du aufgewachsen bist. Du hast die Schule mit konstanten Zweiern und Dreiern abgeschlossen."

Nicht gerade eine Musterschülerin. „Ich habe die Schule gehasst. Lass mich raten, du hast jede Menge Auszeichnungen?"

„Die besten, die man mit Hilfe einer teuren Privatschule bekommen konnte."

„Erklärt viel."

„Willst du wissen, was ich noch gefunden habe? Erinnerst du dich an einen gewissen Vollmond, als du neunzehn warst?"

Sie stöhnte fast. Toll, er hatte über das eine Mal gelesen, als die Polizei sie und ihre beste Freundin beim Nacktbaden erwischt hatte, als sie high von Pilzen herumgeschrien hatten, dass sie Meerjungfrauen wären. Zu ihrer Verteidigung, sie konnten verdammt gut schwimmen und ihren Atem fast eine Minute lang anhalten. Nach diesem Vorfall hielt sie sich von Pilzen fern.

„Die Studie, die du über mich und mein Leben gemacht hast, ist ziemlich gruselig, großer Mann."

„Nur weil du kaum etwas über mich weißt, also lass mich das berichtigen. Ich bin ein begeisterter Lacrosse-Spieler. Liebe die Farbe Grau. Bin ein Smoothie-Fanatiker. Du musst einige meiner Lieblingsgeschmacksrichtungen probieren. Ich schaue gerne Sport an. Folge dem Aktienmarkt. Und ich kann es kaum erwarten, wieder mit dir zu schlafen."

Sie blinzelte. Er warf diese Worte mit solcher Lässigkeit ein. Ihr hingegen fiel es schwer so zu tun, als würden sie sie nicht berühren. „Das geht alles zu schnell." Viel zu schnell. Er behauptete felsenfest, dass sie zusammengehörten, und so verrückt wie das war, war auch sie diesem Glauben erlegen. Waren sie mit irgendeinem seltsamen Virus infiziert, der sie einander begehren ließ? „Ich verstehe nicht, was mit mir geschieht. Warum ich so viel für dich empfinde. Das ist nicht normal."

„Das ist oft der Fall, wenn sich wahre Gefährten treffen."

„Und schon wieder dieses Gefährten-Ding. Du kannst mich nicht einfach für dich beanspruchen, großer Mann. Das bedarf meiner Erlaubnis."

„Oder der des Schicksals. Und das ist es, was wir sind, Maus. Vom Schicksal füreinander bestimmt. Wahre Gefährten, dazu bestimmt, bis zum Ende unserer Zeit zusammenzugehören. Wir sind Seelenverwandte."

Sie starrte ihn einen Augenblick lang an und versuchte zu verdauen, was er gesagt hatte. Doch es verblüffte sie nichtsdestotrotz. Arik war ein erwachsener Geschäftsmann, kein Träumer. Er versuchte doch nicht wirklich, sie mit diesem dummen Spruch herumzukriegen, oder? „Ach komm, du kannst doch unmöglich glauben, dass ich schlucke, dass du an Seelenverwandtschaft oder Liebe auf den ersten Blick glaubst."

„So seltsam es klingt, doch."

„Vom Schicksal füreinander bestimmt? Wirklich?" Sie kicherte. „Bitte sag mir nicht, dass dein Harem unten auf diesen dummen Anmachspruch hereingefallen ist." Die Ironie, dass sie aber irgendwie darauf angesprungen war, entging ihr nicht. Er hatte viele besitzergreifende und sexy Dinge gesagt und sie war ihm in die Falle gegangen.

Zu ihrer Verteidigung, der Mann war unglaublich heiß, und sie bereute den Sex nicht im Geringsten. Eigentlich würde sie es wieder tun, obwohl er völlig verrückt war. Genauso wie bei ihrer Sucht nach Chips und Dips erwies sich dieser Mann als unwiderstehlich.

„Erstens, diese Frauen sind nicht meine Geliebten oder Teil eines Harems. Das wäre ziemlich ungebührlich, da sie alle auf irgendeine Weise mit mir verwandt sind."

„Sie gehören zur Familie?" Sie konnte ihre Überraschung nicht verbergen. Aber andererseits hatte sie bemerkt, dass fast alle die gleichen Augen wie Arik hatten.

Zu wissen, dass sie zu seiner Familie gehörten, gab ihren Anmerkungen eine ganz neue Bedeutung. Sie hatten sie nicht danach beurteilt, ob sie eine Konkurrenz um Ariks Zuneigung war. Sie hatten herausfinden wollen, ob sie gut genug für ihn war.

Armer Junge. Sie wusste, wie Verwandtschaft sein konnte. „Ich wünschte, jemand hätte mir das früher gesagt. Trotzdem, die Tatsache, dass du keinen Harem hast, ändert meine Sicht der Dinge nicht. Ich denke, du willst mir mit dieser ganzen Seelenverwandtschaftssache nur etwas vormachen, womit du gerne aufhören kannst. Wenn du wieder Sex möchtest, sag es einfach." Er könnte ihre Welt jederzeit zum Beben bringen.

„Das ist kein Trick, um dich ins Bett zu kriegen. Wir beide wissen, dass ich dich dafür lediglich küssen müsste ..." Sein sinnliches Lächeln sagte alles.

„Du kannst einfach nicht anders, oder?" Sie schüttelte den Kopf über seine Arroganz. Ein Alphamännchen, wie es im Buche stand. Frustrierend und doch unerklärlicherweise sexy.

Sie sollte sich wirklich professionelle Hilfe suchen.

„Du hast recht. Ich kann nicht anders. Ich habe von der Anziehung gehört, wenn ein Mann seine Gefährtin trifft, aber ich hätte nie erwartet, dass sie so stark sein würde. Du bist mein, Maus. Die Löwin, wenn auch menschlich, zu meinem Löwen."

„Löwin? Und gerade gingen wir von verrückt zu *wo ist die versteckte Kamera* über."

„Ich bin ein Löwe. Deshalb liegt es nahe, dass meine Gefährtin eine Löwin sein würde."

Kira rang nach Luft, als die Wahrheit sie traf. „Oh verdammt, sag mir nicht, dass du einer der Kerle bist, die sich gerne als große Teddybären verkleiden? Hast du irgendein flauschiges *Leo der Löwe*-Kostüm, das du gerne trägst, wenn du rummachst? Besser nicht, denn ich sage dir gleich, so ticke ich nicht."

Arik kicherte, als er seine Arme auf der Rückenlehne der Couch ausstreckte, wobei die Bewegung sein Hemd straff zog und eine Perfektion unterstrich, an die sich ihr Körper nur zu gut erinnerte. Ihr Blut fing zu brodeln an und Feuchtigkeit sammelte sich zwischen ihren Beinen. Sie schlug sie übereinander.

Warum musste er so verrückt sein? Warum musste ihr Fluch mit Männern auch bei ihm wirken?

„Ich muss zugeben, Maus, dein Verstand arbeitet auf wundersame Weise. Aber lass mich das klarstellen. Wenn ich sage, dass ich ein Löwe bin, dann meine ich ein echter Löwe. Das heißt, ich bekomme Fell und große Zähne und brülle."

Mit voller Seriosität dargebracht. Er glaubte wirklich, dass er ein Löwe war. Was bedeutete, dass er einige Schrauben locker hatte, was wiederum bedeutete, dass er gefährlich sein könnte.

Sie zitterte.

So schnell die Furcht versucht hatte, sich einzuschleichen, so schnell löste sie sich wieder auf. Nein, egal was Ariks Fetisch war, sie hatte nicht den Eindruck, dass er ein gewalttätiger Mann war. Doch diese Überzeugung hielt nicht sämtliche Nervosität aus ihrem Kichern fern. „Spaß beiseite. Der war gut. Ha. Ha. Können wir jetzt ernst sein und über unsere Situation sprechen?"

„Aber das tun wir. Es gibt viel in dieser Welt, das du nicht verstehst, Kira. Geheimnisse, die du dir nicht annähernd vorstellen kannst, und Wahrheiten, die ich dir offenbaren werde. Die erste ist meine katzenhafte Seite. Doch das bedeutet nicht, dass du Angst vor mir haben musst. Als meine Gefährtin werde ich dich nie verletzen oder zulassen, dass jemand anderes dir etwas antut. Ich werde dein standhafter Verteidiger sein. Ein weiteres Versprechen, das ich dir mache, ist, dass ich dir immer treu sein werde. Von jetzt an wirst du die Einzige sein, die meine Berührungen spürt. Und im Gegenzug wirst du niemand anderen berühren. Ich habe Eifersuchtsprobleme."

„Eifersuchtsproblem. Diktatorkomplexe. Mädchenverrückt-mach-Probleme." Kira wrang mit den Händen und ein Teil von ihr stellte alles infrage, was er gesagt hatte, und wies es zurück. Doch ein anderer Teil von ihr, das Mädchen, das an Romantik und an das Konzept von Liebe auf den ersten Blick glaubte, wollte ihm vertrauen. Wer würde nicht die Art Liebe genießen wollen, von der Arik sprach?

Aber was war mit der Freiheit?

„Ich kann mit keinem Mann zusammen sein, der mich einsperrt."

„Ah ja, dein Beharren darauf, dass ich dich gegen deinen Willen hier festhalte."

„Nun, das tust du."

„Bring mich nicht dazu, dich zu küssen und dir das Gegenteil zu beweisen. Eigentlich, doch, tu das. Es ist schon viel zu lange her, seit ich dich das letzte Mal nackt in meinen Armen hielt."

Wollte sie ihm eine Retourkutsche für diesen Kommentar geben? Nein. Sie zitterte und all ihre Sinne wurden lebendig. Ihr Körper hoffte, sie würde irgendetwas tun, das Arik zwingen würde, seinen Worten Taten folgen zu lassen.

„Die Anziehung erklärt aber immer noch nicht, warum du mich in deiner Wohnung einsperrst."

„Wie wäre es mit Zeitmangel, dich ins Sicherheitssystem des Hauses einzupflegen? Ein Problem, um das ich mich zwischen den Meetings gekümmert habe. Weißt du, ich habe dir vertraut, dass du hier bleibst. Ich habe dich beim Wort genommen."

Sie rutschte unbehaglich umher. „Woher weiß ich, dass du die Wahrheit sagst? Vielleicht sagst du das nur, damit ich schlecht dastehe?"

„Du glaubst mir nicht? Dann benutz irgendeinen der Touchscreens. Sieh, was passiert."

„Du versuchst, mich auszutricksen. Das kann unmöglich funktionieren, da du keinen Hand- oder Daumenabdruck, oder womit das verdammte Ding auch funktioniert, von mir genommen hast."

„Dein Abdruck wurde aufgezeichnet, als du versucht hast, den Touchscreen zu benutzen, während ich weg war. Also habe ich ihn, und wie ich sagte, habe ich mein System programmiert, deine Eingaben zu akzeptieren."

Dieses Mal zögerte sie nicht. Sie ging sofort zum Display an der Eingangstür. Sie warf ihm einen Blick zu und erwartete zu sehen, dass er sich vorbereitete, sie aufzuhalten.

Falsch. Er bewegte sich nicht nur nicht, er sah nicht einmal zu ihr.

Er lügt, er hat nie im Leben –

„Zugang gewährt. Wie kann ich *dienen*, Kira?"

Die Anspielung des Systems war offensichtlich, doch das war nicht, was sie staunen ließ. „Du hast es so programmiert, dass es in deiner Stimme spricht?" Sie konnte ihre Ungläubigkeit nicht verbergen.

„Gefällt es dir?" Er drehte sich auf der Couch, um sie anzusehen.

„Es ist verrückt." Alles, was geschehen war, seit sie sich kennengelernt hatten, war verrückt.

„Ja und es kommen noch mehr verrückte Dinge. Wie das erste Mal, dass ich dir mein Tier zeige."

Nicht schon wieder. Warum bestand er so darauf, dass er ein Löwe war?

„Wenn du ein Löwe bist, dann beweise es. Los. Zeig es mir."

„Ich denke, das ist keine gute Idee. Nicht jetzt."

„Warum nicht? Du hörst nicht auf zu behaupten, dass du ein großes, flauschiges Tier bist, also lass es mich sehen. Du willst, dass ich dir glaube und das werde ich, wenn du es beweist."

„Du weißt nicht, um was du da bittest, Maus, aber da du darauf bestehst." Er stand auf und nahm dabei seine gelockerte Krawatte ab. Er knöpfte seine Ärmel und dann die Vorderseite seines Hemds auf. Während er es auszog, behielt er seine Augen auf ihr. Augen, die mit goldenem Feuer brannten. Augen, die anders als alle Augen waren, die sie je gesehen hatte. Als menschliche Augen zumindest. Aber da war etwas an seinen Pupillen, das anders war. Und auffallender wurde, je mehr sie starrte.

Großartig, bald hat er mich soweit, dass ich glaube, dass er ein Löwe ist. Nur weil er einzigartige und atemberaubende Augen hatte, bedeutete das nicht, dass er zum Teil eine Großkatze war.

Seine Stimme war tiefer, knurrender, als er sprach. „Ich sollte dich warnen, dass der Anblick vielleicht verstörend sein könnte."

Eher erregend, je mehr Schichten er ablegte. Das Hemd landete auf der Couch und entblößte seinen muskulösen Oberkörper, der so weich und gebräunt aussah, wie sie ihn in Erinnerung hatte. *Ich erinnere mich daran, wie ich mit meinen Händen über diese Haut, diese Muskeln gefahren bin, als er sich über mir bewegt hatte.*

Sie schluckte. „Vielleicht sollten wir das nicht tun."

„Nein, bringen wir es hinter uns."

Seine Hände wanderten zu seiner Gürtelschnalle. Mit einem Ruck flog der Gürtel davon. Seine Finger öffneten den Knopf seiner Hose, die tief an seinen schlanken Hüften hing und ein V aus Muskeln preisgaben, das hinab zu …

Poch. Poch. Poch.

Jemand klopfte an der Tür und schrie: „Arik. Ich bin es."

Frustration verzerrte Ariks Gesichtszüge und er bellte. „Weiß denn hier niemand, wie man ein verdammtes Telefon benutzt?"

„Du hast es im Konferenzraum gelassen."

„Absichtlich", murmelte Arik fast zu leise für sie, um es zu hören.

„Jeoff hat angerufen. Sie denken, dass sie ihn eingekreist haben, was bedeutet, schwing deinen Arsch hier raus, wenn du mitkommen möchtest."

Ihn, also Gregory?

Sich wieder zu ihr drehend, bestätigte Arik ihre Vermutung. „Ich muss los. Es scheint, als hätten wir deinen Ex lokalisiert. Bleibst du hier, bis ich zurückkomme, oder muss ich dich aus dem System aussperren?"

„Ich bleibe." Es war keine vollständige Lüge. Ein Teil von ihr wollte bleiben. Ein anderer schnaubte: *Nie im Leben.*

„Wenn ich zurückkomme, reden wir weiter und ich zeige dir meinen Löwen."

Moment, vielleicht meinte er mit Löwe seinen … Ihr Blick senkte sich, nur um seine glatte Brust lediglich Zentimeter vor sich zu sehen.

Er hatte den Raum so schnell durchquert, dass sie nicht hatte reagieren können. Seine Arme legten sich um sie und zogen sie an ihn, während sein Mund sich für einen lodernden Kuss auf ihren senkte.

Eine Berührung. Das war alles, was nötig war. Sie konnte nicht widerstehen. Sie dachte nicht einmal daran zu protestieren. Sie schmolz einfach in seiner Berührung dahin und erwiderte seine Umarmung mit einem wilden Hunger, der keinen Sinn ergab, sich aber so gut anfühlte.

Gut anfühlte, bis er den Kuss trennte, weil der Idiot an der Tür pochte und schrie: „Ich verschwinde."

„Ich komme", biss Arik heraus, bevor er sie losließ.

Als er sich sein Hemd schnappte, rieb Kira über ihre geschwollenen Lippen und ihr Kitzeln machte es ihr schwer, die lodernde Leidenschaft zu vergessen, die er wachgerüttelt hatte.

„Was wirst du mit Gregory machen?"

Während er in seine Schuhe schlüpfte, hielt Arik inne und drehte sich zu ihr, wobei er ein fast tödliches Lächeln auf den Lippen hatte.

„Ich werde dafür sorgen, dass er dir nie wieder nahekommt."

Nun, das klang gewaltig unangenehm, für Gregory. Sie sollte protestieren, aber wenn man bedachte, was er ihr angetan hatte, wünschte sie sich eher, zusehen zu können. Vielleicht ein oder zweimal selbst zutreten, als Rache für das, was Gregory ihr angetan hatte.

Mit einem geknurrten „Ich vertraue dir" verschwand Arik.

Und ohne ihren Zugriff auf das System einzuschränken.

Sie presste ihr Ohr an die Tür, um zu lauschen, und hörte das Murmeln von Stimmen. Es brach abrupt ab, wahrscheinlich weil die Aufzugstüren sich schlossen. Sie zählte bis sechs, bevor sie ihre Hand auf den Touchscreen drückte, und zuckte zusammen, als seine samtige Stimme sagte: „Zugriff gewährt." Die Tür öffnete sich.

Sie ging hinaus, musste aber schon vor dem Aufzug wieder stehen bleiben. Nur ein Aufzug für dieses Stockwerk und der war mit Arik darin auf dem Weg nach unten. Das nahm sie zumindest an, da die Zahlen langsam rückwärts liefen.

Die Treppe? Sie legte Veto gegen diese Idee ein, bevor sie überhaupt ernsthaft darüber nachdachte. Zwanzig Stockwerke und ihr fauler Hintern vertrugen sich nicht. Mit tippendem Fuß wartete sie, dass der Aufzug das Erdgeschoss erreichte. Dort hielt er an und entließ seine Insassen. Dann fing er wieder an, nach oben zu fahren. Sie wartete, dass er stoppte, weiterfuhr und wieder stoppte, bis sie ihn rief.

Sie hoffte, dass das Auf und Ab dafür gesorgt hatte, dass er nun leer war. Falls nicht, könnte sie erneut seiner Familie in die Arme laufen.

Schließlich erreichte der Aufzug das Penthouse und seine Türen öffneten sich. Kira konnte ihr erschrockenes Stöhnen nicht zurückhalten. „Nicht Sie schon wieder."

„Bist du immer noch hier?", fragte die Harpyie, auch bekannt als Ariks Mutter. „Ich hätte gedacht, dass du schon sämtliche Wertgegenstände eingesackt hättest und geflüchtet wärst. Oder hast du auf noch mehr Geld gewartet?"

Jemand dachte, dass Kira nicht gut genug für ihren Jungen war, was sie ärgerte. *Arik mag mich sehr.* Das Wissen machte sie kühn. „Oh Gott, hat da wer Probleme, die Nabelschnur durchzuschneiden? Hat jemand einen Norma-Bates-Fetisch für ihren Sohn?" Kiras verschmitztes Grinsen war vermutlich der Auslöser für die Röte im Gesicht der anderen Frau.

Sie geiferte. „Du bist das unverschämteste Ding, das ich je kennengelernt habe."

„Und Sie sind die anhänglichste, blondierteste strohhaarige Harpyie, der ich je begegnet bin. Wie wäre es, wenn ich gehe und wir so tun, als hätten wir uns nie kennengelernt?"

Aus irgendeinem Grund ließ das Ariks Mutter ruhig werden. „Du willst gehen."

„Ähm, ja. Ich bin hier nicht wegen der Aussicht im Flur gestanden."

„Weiß Arik das?"

„Nein, weiß er nicht, und es ist mir wirklich egal, ob es ihm gefällt oder nicht. Ich denke, ich bin nicht bereit für die Art Bindung, um die er mich bittet." Ganz zu schweigen, dass sie sich nicht sicher war, ob sie mit einem Kerl umgehen konnte, der meinte, er wäre ein Löwe.

„Du weist ihn zurück?" Die Frau wirkte entrüstet.

„Sehen Sie es eher als zugeben, dass wir gerade nicht nach derselben Sache suchen. Und warum interessiert Sie das? Sie sollten froh sein, dass ich gehe."

Die Frau schüttelte sich und richtete sich auf. „Du hast recht. Ich bin froh. Arik muss mit jemandem sesshaft werden, der mehr zu seinem Lebensstil passt."

„Snob." Kira murmelte das Wort, als sie den Aufzug betrat und auf den Bildschirm drückte. Zu ihrer Überraschung funktionierte es. Ein Teil von ihr hatte nicht geglaubt, dass es klappen würde, und angenommen, dass Arik irgendwie ihre Möglichkeit zu gehen eingeschränkt hätte.

Gewiss war sie nicht enttäuscht, dass er das nicht hatte, oder?

Um den Leuten im Erdgeschoss aus dem Weg zu gehen, ließ Kira den Aufzug ein Stockwerk darüber anhalten. Sie stieg aus und folgte dem Gang zu einer Tür, über der *Exit* stand.

Zwanzig Treppen standen außer Frage, aber eine? Eine war zu schaffen. Besonders da die Tür zum Treppenhaus im Erdgeschoss hinter einigen Topfpflanzen lag und nicht gut einsehbar war. Das hatte sie bemerkt, als sie mit den Haaren der Frauen gespielt hatte.

Am Fuß der Treppe hielt sie inne und atmete tief ein. Sie presste ihr Ohr an die Tür und lauschte. Nichts. Reine Stille. Sicherlich stimmte das nicht.

Zuvor war die Lobby stark besucht gewesen. Andererseits war es jetzt später, Abendessenszeit für viele. Das sagte zumindest ihr knurrender Magen. Sie hatte viel zu lange nichts gegessen. Jetzt wünschte sie sich, dass sie sich zuvor etwas von dem Servierwagen genommen hätte.

Aber sie würde nicht für einen Snack zurückgehen.

Sie lauschte weitere dreißig Sekunden, still im Kopf gezählt.

Immer noch überaus leise.

Langsam öffnete Kira die Tür und benutzte sie als Schild, um um die Kante zu blicken. Durch die Palmenblätter der Topfpflanzen bemerkte sie viele leere Couchen.

Tatsächlich schien die ganze Lobby verlassen zu sein, bis auf den Check-in-Schalter, an dem ein Wachmann Ende fünfzig mit seinem Smartphone spielte, und den Kerl an der Eingangstür, der gerade die Tür eines Taxis öffnete.

Ihre Chance witternd huschte Kira aus dem Treppenhaus und ging schnellen Fußes zur Tür. Sie dachte, sie hörte ein „Wo wollen Sie hin?" von dem Kerl am Empfang, doch sie ignorierte es und ging hinaus.

Draußen hielt sie nicht inne, noch sah sie den Türsteher an. Flott ging sie weg, wurde schneller und schneller, wahrscheinlich wegen des Murmelns aus aufgeregten Stimmen hinter ihr.

Bald rannte sie. Sie gelangte zum Ende der gebogenen Auffahrt, die zu dem Gebäude führte. Auf dem Bürgersteig des Wohngebiets waren kaum Leute und nur wenige Autos fuhren zu dieser späten Stunde an ihr vorbei.

Sie gab Fersengeld und rannte den Bürgersteig hinunter. Um mögliche Verfolger abzuschütteln, huschte sie in die erste Seitenstraße, die sie sah.

Sie war entkommen. Sie hatte es geschafft. Als sie das Ende der Gasse erreichte, die zu einer scheinbar belebteren Straße führte, kam sie nicht umhin zu denken, dass es zu einfach war.

Sie erwartete, dass Arik jeden Augenblick auftauchte und sie wieder einfing und mit murmelnder Stimme fragte: „Wohin läufst du, Maus?"

Doch als Arme sich um sie legten, war es nicht die sanfte Zuflucht, die sie erwartet hatte. Und die Stimme war eine laute Lektion, warum sie auf Arik hätte hören und in seiner Wohnung hätte bleiben sollen.

„Hey, dreckige Schlampe, wurde auch Zeit, dass du dein fremdgehendes Gesicht zeigst."

Kapitel 19

Der Tipp von Jeoffs Männern, dass sie ihn in die Enge getrieben hatten, erwies sich als Pleite. Der räudige Wolf war ihnen wieder durch die Finger geschlüpft. Noch schlimmer, er hatte sie zum Narren gehalten. Der Köter spielte mit den Männern, die ihn verfolgten, indem er ihnen eine Spur hinterließ, die zu einem Berg seiner Kleidung führte, zusammen mit einem großen, immer noch dampfenden Haufen.

Der Bastard verspottete sie.

Aber warum? Er musste doch wissen, dass das eine schlechte Idee war. Arik war nicht umsonst König. Jetzt wo Arik auf der Jagd war, waren Gregorys Tage gezählt. *Denn sobald ich ihn finde, wird er eine wertvolle Lektion über das Verhalten in meiner Stadt lernen.*

Betonung auf sobald Arik ihn fand, was an diesem Abend nicht passierte.

Niedergeschlagen kehrte Arik in seine Wohnung zurück. Eine leere Wohnung.

„Sie ist weg!" Er sagte es laut, unfähig es zu glauben. Wie konnte sie verschwinden? Er hatte ihren Zugriff eingeschränkt. Er war nicht so dumm gewesen, ihr zu glauben. Welche Frau bei klarem Verstand würde bleiben, nachdem ein Kerl ihr gesagt hatte, dass er ein Löwe war?

Aber er hatte das erwartet und hatte sich, bevor er das Gebäude verlassen hatte, in das Sicherheitssystem eingeloggt, um ihre Zugriffsrechte einzuschränken. Doch laut der Logbucheinträge hatte sich jemand daran zu schaffen gemacht.

„Mutter." Er knurrte ihren Namen und das gerade rechtzeitig, da sie gerade mit einem Martini in der Hand aus seiner Küche schlenderte. „Was machst du hier?"

„Darf eine Mutter ihren Sohn nicht besuchen?"

„Keine, die sich in sein Leben einmischt und aus irgendeinem Grund meiner Gefährtin Zugang zum Gebäude gewährt hat, nachdem ich ihr die Rechte genommen habe."

„Oh Liebling. Hätte ich das nicht tun sollen? Ich wollte nur sicherstellen, dass sich das arme Ding hier willkommen fühlt, da sich offensichtlich jemand dummerweise dazu entschieden hatte, mit einem Menschen zu schäkern." Ihre Lippen verzogen sich, und nicht wegen des extra trockenen Martinis.

„Kira ist meine Gefährtin."

„Nur über meine Leiche."

„Das lässt sich arrangieren." Er sagte es ziemlich ernst, mit vor der Brust verschränkten Armen.

Seine Mutter schien nicht im Geringsten beleidigt. Sie nahm einen weiteren Schluck von ihrem Drink. „Was für ein Drama. Ich hätte das von deinen jüngeren Cousinen erwartet – meine Schwestern sind solche Trottel, wenn es um die Erziehung geht – aber du bist der Alpha des Rudels. Du bist der König der Stadt und Herrscher über seine Bewohner. Handle dementsprechend."

„Tue ich, und als Alpha sage ich, dass du zu weit gegangen bist. Kira ist meine Gefährtin."

„Keine sehr willige."

„Das wird sich ändern, sobald sie mich besser kennt, was viel leichter gewesen wäre, wenn sie immer noch hier wäre. Wo ist sie hingegangen?" Denn sie war definitiv nicht in der Lobby gewesen. Einer Lobby, die ziemlich leer war, da die meisten Mitglieder des Rudels gerade einem Untergrundkampf zwischen Gestaltwandlern beiwohnten. Der *Ultimative Fell und Fang*-Wettkampf kam nur einmal im Monat in die Stadt und erwies sich als großer Publikumsmagnet.

„Woher soll ich wissen, wo sie hin ist? Ich habe ihr nur die Möglichkeit gegeben zu gehen. Ich habe sie nicht zu ihrem Ziel gefahren."

Und sie hatte kein Auto. Arik gefiel nicht, wo das hinführte. „Weißt du, ob sie ein Taxi gerufen hat?"

Bereits während er die Frage stellte, bewegten sich seine Füße und eine düstere Vorahnung formte einen Knoten in seinem Magen. *Hoffentlich war die ganze Gregory-ist-in-die-Enge-getrieben-Sache keine List.* Eine gewiefte und dreiste, doch das würde die falsche Spur erklären, der Jeoff und Arik gefolgt waren. Der tollwütige Wolf hatte seine Jäger abgelenkt, während er seiner wahren Beute nachstellte. Kira.

Der Aufzug bewegte sich nicht schnell genug nach oben und hielt ein paar Stockwerke tiefer an. Ein Gefühl von Dringlichkeit durchfuhr ihn. Er konnte nicht stillstehen. Er rannte den kurzen Gang hinunter und stürmte durch die Tür, die zum Treppenhaus führte. Seine Mutter folgte ihm schimpfend. „Wo willst du hin? Warum die Eile?"

„Warum die Eile? Ich sage dir warum. Weil du deine

Grenzen als meine Mutter überschritten und meiner Gefährtin, einer Frau, die von einem tollwütigen Wolf bedroht wird, erlaubt hast, die Sicherheit meines Zuhauses zu verlassen. Du hast sie ihn Gefahr gebracht." Er sprang über das Geländer, anstatt die Treppe hinunterzulaufen, und landete auf dem Treppensims ein Stockwerk tiefer.

„Ich wusste nicht, dass sie in Gefahr war", rief seine Mutter, deren Stimme wegen der Entfernung langsam verblasste.

„Egal." Was nicht egal war, war Kira. Nicht zu wissen, wo sie war, ließ seinen inneren Löwen ungeduldig herumwandern. Vielleicht ging es ihr gut. Kira war vielleicht einfach nur gegangen und hatte sicher eines der Häuser ihrer Familie erreicht. Aber sein Bauchgefühl glaubte das nicht und erwies sich als richtig.

Weniger als einen Block entfernt, in einer Gasse, die nach Wolf stank, fand Arik ihre Handtasche und eine Notiz. Eine kurze, prägnante Notiz.

Kom zum Lagerhaus aleine oder sie stirbt.

Eine falsch geschriebene Einladung zu Gewalt. Wie schön. Und er wusste genau, was er tragen würde. Fell und Zähne. *Rawr*.

Kapitel 20

KIRA WACHTE AUF ... UND FLUCHTE.

Es gab Zeiten im Leben einer Frau, in denen sie sich wünschte, dass sie nicht so unabhängig wäre. So stur. So verdammt dumm.

Ich hätte auf Arik hören sollen.

Aber nein, um ihn sauer zu machen und weil er nicht der Einzige war, der unvernünftig handeln konnte, hatte sie die falsche Entscheidung getroffen. Sie hatte gedacht, dass sie schlauer wäre als er, dass sie es besser wüsste, doch es stellte sich heraus, dass sie einen IQ-Test machen sollte, da ihr Mangel an Urteilsvermögen sie in ihre gegenwärtige Situation gebracht hatte – an einen Stuhl gefesselt.

Das ist nicht gut.

Eine flüchtige Bewegung zeigte, dass sie nirgends hingehen würde. Ein Nylonseil, wie es ihre Großmutter als Wäscheleine benutzte, war mehrmals um ihren Oberkörper geschlungen. Nichts Besonderes, definitiv nicht auf *kinbaku* Niveau – was, für die Unwissenden, eine japanische Art von BDSM war, die ein Ex-Freund gerne mit ihr ausprobiert hätte. Sie hatte höflich abgelehnt.

Unterwürfige Schlafzimmerpraktiken beiseite lassend, professionell gefesselt oder nicht, verhinderte das Seil, dass sie sich auf ihren Stuhl bewegte. Die gute Nachricht war, dass ihre Beine frei waren. Gereizt mit den Füßen um sich zu treten, half ihr in ihrer Situation jedoch auch nicht.

Da sie nirgends hingehen würde, zog sie über ihre gegenwärtige Situation Bilanz. Ihre Umgebung ähnelte einem Low-Budget Filmset. Der Ort wirkte ziemlich verwahrlost. Das düstere Licht, das durch die hohen quadratischen Fenster hereinkam, erlaubte keine genaue Untersuchung, nur einen Überblick. Angesichts des Platzes und des staubigen Betonbodens und der Stapel aus Kisten um sie herum, nahm Kira an, dass sie in einer Art Lagerhaus war.

Sehr klischeehaft. Hätte jemand in diesem Augenblick unheilvolle Musik gespielt, hätte sie sich vermutlich in die Hose gemacht. Sie wusste, wie das in Filmen ablief. Entweder wurde das Mädchen getötet, was sie Gregory zutraute, oder das Mädchen wurde gerade noch rechtzeitig gerettet – unwahrscheinlich, da die Person, die vielleicht bemerkt hatte, dass sie verschwunden war, keine Ahnung hatte, wo sie war. Und da war der *dum-dum-dum*-Soundtrack wieder.

Ein Schnauben hinter ihr ließ sie den Kopf strecken, um zu sehen, wer sich näherte. Selbst bevor er etwas sagte, konnte sie es richtig erraten. „Endlich wach. Du hast auch lange genug geschlafen. Meine Schuld. Ich habe vergessen, dass du ein Mensch bist und Medikamente langsamer abbaust, als ich dir das Beruhigungsmittel gespritzt habe, das ich von einem Tierarzt gestohlen hatte."

Er hat mich betäubt? Nun, das erklärte den Stich, den sie gespürt hatte, bevor sie ohnmächtig wurde.

„Typisch, du musst eine Frau bewusstlos machen, damit sie etwas Zeit mit dir verbringt."

Zu spät, sich auf die Zunge zu beißen. Was für ein cleverer Move. Den Kerl reizen, der sie gefangen hielt.

„Immer noch eine große Klappe, etwas, von dem ich dich einst heilen wollte." Während er sprach, trat Gregory in ihr Blickfeld und sie wünschte sich, sie hätte sagen können, dass er böse aussah. Dass er ein abscheulich aussehender Bastard war. Aber das Gegenteil war der Fall. Selbst jetzt, wo sie so viel über ihn wusste, konnte sie nicht abstreiten, dass er ein gut aussehender Teufel war, mit ebenholzfarbenem Haar, das jungenhaft über seine Augen fiel, vornehmen Gesichtszügen und einem drahtigen Körper. Gut aussehend mit einem ausgezeichneten Körperbau und doch ließ er sie kalt. Psychopathische Persönlichkeiten waren abturnend.

„Wie lange war ich weg?"

„Etwas über fünf Stunden. Lange genug, dass mir langweilig wurde."

Gelangweilt? Ein Mann, der bereit war, eine Frau unter Drogen zu setzen und zu entführen, zog vielleicht auch bei anderen Abscheulichkeiten keine Grenzen. Sie blickte an sich hinab und fragte sich, ob er ihre Bewusstlosigkeit ausgenutzt hatte. Falls ja, hatte er keine Hinweise darauf hinterlassen. Ihre Kleidung war noch intakt und sie bemerkte keine Schmerzen oder klebrigen Stellen. Trotzdem musste sie fragen: „Hast du etwas mit mir gemacht, während ich bewusstlos war?"

Sein Mundwinkel verzog sich in einem verrückten Grinsen nach oben. Sein Lachen kratzte an ihr. „Als ob ich deinen verpesteten Körper anfassen würde. Nicht nachdem du mit ihm zusammen warst. Meinen, mich zurückweisen zu müssen, aber dann kein Problem damit zu haben, Ja zu diesem räudigen Kater zu sagen. Ich hatte nicht realisiert, dass du dich für jemanden mit mehr Geld aufgespart hast. Wenn ich gewusst hätte, wie wenig Moral du hast, hätte ich dich ganz anders behandelt."

„Wie anders? Indem du mich in Ruhe lässt und anderen Mädchen nachstellst? Du hast mein Leben zur Hölle gemacht. Ich musste umziehen. Was hättest du noch Schlimmes tun können?"

„Ich hätte deine Fressluke mit meinem Schwanz zum Schweigen bringen können."

„Du hättest mehr als das gebraucht, um mich zum Schweigen zu bringen. Ich habe die Größe deiner Hände und Füße gesehen." Erneut brachte ihr loses Mundwerk sie in Schwierigkeiten, doch sie konnte nicht anders. Trotz ihrer Angst fand sie ihren Kampfeswillen. *Ich werde nicht als seine unterwürfige Schlampe sterben.*

Die Finger, die ihre Wangen packten, gruben sich in ihre Haut. „Rede nur weiter, dreckige Schlampe. Wir werden schon sehen, wie mutig du noch bist, wenn ich mit dir fertig bin."

„Nimm deine Hände von ihr." Auch bellend und knurrend erkannte Kira immer noch Ariks Stimme. Er war gekommen, um sie zu retten.

Nackt.

Sie schloss die Augen und öffnete sie wieder.

Nein, sie halluzinierte nicht. Arik stand definitiv splitterfasernackt am Rande einer Reihe von Containern.

Sexy, aber trotzdem musste sie einfach stöhnen: „Hättest du nicht wenigstens eine Waffe mitbringen können?"

„Habe ich", war seine Antwort.

Sie runzelte die Stirn, als sie auf seine leeren Hände starrte. „Ich sehe keine. Was hast du mitgebracht?"

„Mich."

So viel zu ihrer Rettung. Aber zumindest meinte Arik es gut, als er auf Gregory zuging, der ... was zum Teufel? Warum zog Gregory sich aus?

Sein Shirt fiel auf den Boden und enthüllte eine definierte Brust mit einem dunklen V, das nach unten zeigte. Gregory trat aus seinen Laufschuhen. Hände wanderten zu seinem Bund und die Jogginghose wurde hintergeschoben und entblößte feste Pobacken und muskulöse Oberschenkel.

Er brauchte weniger als eine Minute, um Arik gegenüberzustehen, gänzlich nackt.

Was zum Teufel?

Vielleicht war die Droge, die Gregory ihr gegeben hatte, noch nicht aus ihrem Körper. Sie musste halluzinieren. Wie sonst sollte sie die Tatsache erklären, dass zwei Männer in die Hocke gingen, ihre Arme an den Seiten ausstreckten und die Finger beugten. Sie beobachteten einander misstrauisch, bewegten sich in einem langsamen Kreis und bereiteten sich auf den Kampf vor.

Gregory stürmte als Erster los. Ein Pfeil aus blasser Haut raste auf Ariks größere, gebräunte Statur los. Arik trat im letzten Augenblick zur Seite und stellte sein Bein aus. Gregory fiel nicht, aber er stolperte.

„Ich sehe, du hast meine Nachricht bekommen", sagte Gregory, als er sich wieder zu Arik drehte.

„Wie könnte ich so eine Einladung ausschlagen? Komm zum Lagerhaus oder sie stirbt. Aber in Zukunft solltest du dir jemanden suchen, der deine Rechtschreibung überprüft."

„Niemand interessiert sich für meine Rechtschreibung."

„Du hast recht, niemand interessiert sich für dich. Und

noch eine gute Nachricht, du wirst auch keine Drohnachrichten mehr schreiben."

„Denkst du, dass du mich mit deiner mickrigen Drohung einschüchtern kannst? Ich habe keine Angst vor dir." Gregory sprang los, während Arik zurücktänzelte.

„Das solltest du. Aber andererseits, dieses Zeichen deiner mentalen Unzulänglichkeit ist nicht dein erstes. Niemand legt sich mit meinem Rudel an."

Immer noch an einen Stuhl gefesselt fand Kira die Wortwahl seltsam. Und warum waren die beiden Männer nackt?

Außer sie waren keine Männer.

Ihhh.

Vor ihren ungläubigen Augen verformte sich Haut auf eine Art, die nicht natürlich war. Oder menschlich.

Beide Männer setzten ihre Hände und Knie auf den Boden, als Fell sprießte. Ihre Gesichter verzerrten sich in einer Grimasse aus Schmerz und Veränderung. Die Form ihrer Schädel veränderte sich. Und nein, das konnte nicht das sein, was sie dachte.

Sie stellte es sich nicht vor. Dieses schwingende und wackelnde Ding, das aus ihren Hintern wuchs, war ein Schwanz. Ein dunkler, dichter Schwanz für den schwarzen Wolf und ein goldener peitschenartiger Schwanz mit einer buschigen Spitze für den Löwen.

Unmöglich. Und doch, wenn sie nicht träumte, dann rollten gerade zwei wilde Tiere in einer Explosion aus Fell, Fangzähnen und Gewalttätigkeit um sie herum.

Ein waschechter Werwolf und ein ... Was war die korrekte Bezeichnung für Arik? Werlöwe?

Dieses fragende Gehirn wollte es *nicht* wissen. Ein Wissen, ohne das ein Mädchen leben konnte. Aber sie wollte definitiv fliehen. Wenn sie nur nicht an einen verdammten Stuhl gefesselt wäre.

Der Wolf löste sich mit einem Knurren, das viel zu viele Zähne offenbarte, von dem Löwen. Er drehte sich um und sprang auf Kira zu, wobei das üble Funkeln in seinen Augen ausreichte, um ihr einen Schrei zu entlocken.

Warmes Blut spritzte über sie, als Arik ihn erwischte und mit den Klauen seiner Pranke in das zottige Fell des Wolfs schnitt.

Ich war wohl näher an der Wahrheit, als ich dachte, als ich Gregory einen Hund genannt habe.

Ihr hysterischer Versuch, einen Witz zu machen, lockerte die Situation nicht. Die Gewalt ging unvermindert weiter und die Männer in Fell taumelten in einem wilden Wirbel aus herumschlagenden Gliedmaßen. Sie konnten ihre ungestüme Dynamik nicht kontrollieren. Sie rollten in ihre Richtung. Kira konnte sich nicht bewegen. Die Tiere stürzten in die Seite des Stuhls und ließen ihn schwanken.

Krach. Sie ging zu Boden und etwas zerbrach. Ihr Kopf pochte, genauso wie der Arm und die Schulter, auf der sie gelandet war, aber alles bis auf den Stuhl schien glücklicherweise heil zu sein.

Was gut für Kira war.

Die fehlende Spannung im Seil bedeutete, dass sie ihre Arme herauswinden konnte. Sobald sie frei waren, war es nur eine Frage der Zeit, bis der Rest von ihr folgte. Sie kroch von den Trümmern weg und versuchte aufzustehen ...

Nur, um eingequetscht zu werden!

Ein schweres Gewicht traf sie am Rücken und schickte sie grob zu Boden. Sie schrie vor Schmerz, da ihr Kinn zusammen mit ihren Händen und Knien auf den Betonboden aufgeschlagen war.

Würde dieser schreckliche Alptraum nie enden?

„Runter von mir", quietschte sie mit von dem Gewicht belasteter Brust. Sie strengte sich so sehr an, wie sie nur konnte, doch sie konnte den Wolf, der auf ihrem Rücken saß, nicht abschütteln. Sein heißer, feuchter Atem blies beunruhigend in ihren Nacken.

Bissen Wölfe nicht ihrer Beute die Kehle durch?

Kein guter Gedanke. Die hätte sich vermutlich angepinkelt, wären ihre Muskeln nicht erstarrt gewesen.

Ein Löwe brüllte, zumindest nahm sie an, dass es ein Löwe war, entweder das oder irgendeine andere riesige Katze war in das Lagerhaus gekommen. Da sie weder einen Wolf noch eine gigantische Katze erwartet hatte, würde es sie jedoch nicht überraschen.

Das Fellknäul auf ihrem Rücken antwortet mit einem leisen Knurren.

„Sprecht deutlich", murmelte sie.

Zu ihrer Überraschung tat Arik das. Aber andererseits lag das vermutlich daran, dass er wieder ein Mensch geworden war, oder so sah es zumindest aus, da sie seine Füße aus den Augenwinkeln sehen konnte.

„Hey, Hund, ich schlage vor, du lässt sie los. Wir beide wissen, dass du diese Schlacht verloren hast."

Ja, Kumpel, du hast verloren. Dieses Mal behielt sie ihre Worte für sich. Nicht weil sie schlauer geworden war, sondern eher weil ihr Mund so trocken und ihre Lungen so zusammengedrückt waren, dass sie bezweifelte, überhaupt etwas sagen zu können.

Der Körper über ihr bewegte sich und grub seine Klauen in sie, die sich langsam in Finger verwandelten.

Ekelhaft. Er hatte sich verwandelt, während er auf ihr lag. Dieses Gestaltwandel-Ding war viel zu verrückt.

Eine Hand packte sie an den Haaren und Gregory zog sie auf die Füße.

Autsch.

Sie zerrte an seiner Hand und versuchte sie zu lösen. „Pass auf die Haare auf." Für den Fall, dass sie überlebte, hätte sie lieber keine kahle Stelle auf dem Kopf.

„Klappe." Sein kurzer Ruck an ihren misshandelten Haaren trieb ihr Tränen in die Augen.

Arik gab ein knurrendes Geräusch von sich. „Lass sie los."

„Aber ich bin noch nicht fertig mir ihr. Sie muss noch um ihr Leben betteln."

„Lass sie los und vielleicht stirbst du dann nicht. Sie jetzt zu töten, wird dir nichts bringen, sondern nur sicherstellen, dass dein Tod schmerzhaft und langsam sein wird."

„Im Gegenteil, Kira zu töten würde mir große Freude bereiten, da ich weiß, dass es dich vernichten würde. Sie ist deine Gefährtin."

„Das ist sie."

Wieder diese Besitzfrage. Und woher wusste Gregory, dass Arik sie für sich beansprucht hatte? Hatte Arik etwas mit ihr gemacht, was es anderen zeigte? Der Knutschfleck an ihrem Hals kitzelte, als würde er ihr einen Hinweis geben wollen.

Gregory zog fester an ihren Haaren, neigte ihren Hals zurück und senkte sein Gesicht hinab. Er atmete ein, bevor er gegen ihre Haut murmelte: „Weißt du, dass ich einen Plan hatte? Ich wollte dich zusehen lassen, wie ich sie ficke." Er leckte mit seiner Zunge über ihren Hals und Kira zitterte, unfähig, ihre Abscheu zu verbergen.

Sie bemerkte, dass Ariks Finger sich zu Fäusten ballten. Seine Augen funkelten golden und obwohl er in seiner menschlichen Gestalt war, lag etwas Primitives in seiner

Haltung, etwas Animalisches an seiner Art. „Du weißt, dass das nicht passieren wird."

„Ich weiß, und das ist so eine Schande, dass ich das für Teil zwei überspringen muss. Sie töten. Und dann dich." Sein Mund öffnete sich über ihrem Hals und schwebte dort, ein Zögern in seiner Drohung, um Arik anzustarren und ihn zu verhöhnen.

Arroganter Idiot. Er unterschätzte Kira. Sie würde nicht als hilfloses Opfer eines Irren sterben. Sie wartete auf ihre Chance und sah sie in diesem Augenblick. Sie trat mit ihrem Stiefel auf seinen nackten Fuß, stieß ihren Ellbogen in sein Zwerchfell und schlug ihren Kopf gegen seine Stirn.

Das war genug, um ihn abzulenken, genug, dass er seinen Griff um ihre Haare löste und sie sich losreißen konnte. Wieder frei stolperte sie und fiel neben den Trümmern des Stuhls auf den Boden. Ihre Hand schloss sich um eines der zerbrochenen Stuhlbeine. Sie rollte zur Seite und schwang es gegen Gregory, als dieser sich auf sie stürzte. Der Stock traf sein Ziel mit einem dumpfen Schlag, während sie vage bemerkte, dass Arik aufschrie.

Es war nicht genug, um Gregory bewusstlos zu schlagen, doch es gab ihr die Sekunden, die sie brauchte, damit Arik sie erreichen konnte. Er stürmte in Gregorys Seite und warf ihn von Kira. Dann sprang er auf Gregory, als dieser auf dem Boden aufschlug.

Arik vergeudete keine Zeit. Er legte seine Hände um Gregorys Hals. „Du. Hast. Gewagt. Zu verletzen, was mein ist." Mit jedem Wort schlug er den Kopf ihres Ex auf den Boden.

Die Gewalt war erbittert und schmutzig. Sie drehte sich weg, aber rang nach Luft, als sie ein scharfes Knacken hörte. Sie hatte genügend Filme gesehen, um zu wissen, was das bedeutete.

Er hat einen Mann getötet.

Er hatte einen mörderischen Psycho getötet, aber trotzdem ... normale Menschen machten das nicht. Aber er war kein normaler Mensch. *Er ist ein Löwe. Ein Raubtier.*

Und sie war alles andere als das. Aber Kira war eine Überlebenskünstlerin. Sie musste hier weg.

„Maus, wo denkst du, dass du hingehst?" Ariks lässige Frage klang erheitert.

„Ich werde verrückt."

„Noch nicht, also beweg deinen süßen Hintern wieder hierher zurück."

Zurück zu der Leiche? Nein danke.

Er schien die Tatsache zu bemerken, dass sie vielleicht nicht neben einer Leiche mit ihm reden wollte, da er seine Worte berichtigte: „Wenn ich es mir genau überlege, bleib, wo du bist. Ich komme zu dir."

Weswegen zu ihr kommen?

Nicht zu wissen, was sie von einer Welt erwarten sollte, die plötzlich verrückt geworden war, gab ihr den Impuls, sich zu bewegen. Sie rannte, in irgendeine Richtung, da ihre Instinkte sie nicht stillstehen ließen. Sie rannte, obwohl sie wusste, dass sie ihm unmöglich entkommen konnte. Er war nicht nur größer und stärker, Arik war kein Mensch. Arik war ein Löwe.

„Zwing mich nicht dazu, dich zu verfolgen, Maus."

„Oder was, tötest du mich auch?"

„Vielleicht mit Vergnügen."

Männer fanden doch immer einen Weg, das Thema Sex zu den unmöglichsten Zeitpunkten einfließen zu lassen.

Ihre plötzliche Flucht dauerte nicht lange, und nicht, weil Arik sich auf sie stürzte. Sie war in die falsche Richtung gelaufen und stand vor einer Sackgasse aus hoch aufgestapelten Kisten. Sie wirbelte herum, nur um zu sehen, dass ihr Rückzug von einem Mann blockiert wurde, der auf sie zukam. Trotz des schwachen Lichts und der dunklen Schatten waren seine Absicht und seine Nacktheit nicht zu übersehen.

Sie wich zurück, einen langsamen Schritt nach dem anderen.

„Ich werde dir nicht wehtun."

„Sagt der Mann, der sich in einen verdammten Löwen verwandelt."

„Hey, tu nicht so überrascht. Ich habe es dir gesagt."

„Aber ich dachte, das ist nicht dein Ernst", sagte sie wild gestikulierend.

„Nun, jetzt weißt du es. Also?"

„Was meinst du mit *also*? Du verwandelst dich in einen Löwen. Du weißt schon, einen großen Fleischfresser mit gigantischen Zähnen."

Ariks Lippen verzogen sich zu einem verschmitzten Grinsen. „Hör auf, ihm Komplimente zu machen. Dadurch bekommt er noch ein größeres Ego."

Das ließ sie auf ihrem Rückzug stolpern. „Du meinst, dieser Löwe, in den du dich verwandelst ... ist wie ein eigenes Wesen? Er hört mich?"

„*Er*" – ihre Betonung, nicht seine – „hört und versteht sehr gut. Und er ist gerade eine pelzige Nervensäge."

„Warum?"

„Weil es ihm nicht gefällt, dass du Angst hast."

„Ich habe keine Angst", log sie, wobei ihre Arme sich um ihren Oberkörper legten, um ihr Zittern zu stoppen.

„Du musst keine Angst vor mir haben. Ich werde dir nicht wehtun und dein Ex auch nicht. Dafür habe ich gesorgt."

Er wollte sie mit seinen Worten beruhigen. Aber es

funktionierte nicht wirklich und verhinderte auch ein weiteres großes Zittern nicht.

Gregory, ein Kerl, mit dem sie ausgegangen war, ein Werwolf. *Oh mein Gott, wie kurz davor war ich, selbst einer zu werden?* Moment, Gregory hatte sie nicht gebissen, doch Arik hatte das. „Werde ich jetzt ein Löwe, da wir miteinander geschlafen haben und du mich gebissen hast?", platzte sie heraus, während ihre Finger über die wunde Stelle an ihrem Hals fuhren.

Weiße Zähne – *oh mein Gott, wie groß sie sind. Um mich zu fressen?* – blitzten auf, als er lachte. „Nein. Du kannst das Gestaltwandler-Gen nicht bekommen. Das ist etwas, mit dem man geboren wird, und selbst wenn beide Eltern Gestaltwandler sind, ist das nicht garantiert."

„Also bekomme ich kein Fell und fange an, Nager zu jagen?"

„Nein."

Was für eine Erleichterung. „Ich denke, ich sollte dir danken, dass du gerade noch rechtzeitig gekommen bist."

„Wenn du mir danken willst, dann beweg deinen Hintern hierher." Er breitete seine Arme als Einladung aus.

„Nein, danke. Ich finde es hier drüben schön."

„Maus, du bist wieder stur. Wir beide wissen, dass du eine Umarmung möchtest."

Ja, das tat sie, aber sie versuchte angestrengt, den Drang zu bekämpfen, zu ihm zu laufen. Warum? *Weil er ein Fell bekommt.* Brauchte sie wirklich noch einen anderen Grund, um Arik zu meiden?

Aber gerade war er kein Löwe.

Nein, er war sein sehr nackter Mann, mit einem Körper, den sie so gerne berührt hatte. Er schritt mit selbstbewusstem Gang und einer Erektion, die ihre Augen weit werden ließ, auf sie zu.

„Ähm, Arik, ich denke wirklich nicht, dass ich in der Stimmung bin. Oder dass dies der richtige Zeitpunkt und Ort ist."

„Dann gehen wir wieder zu mir. Ich könnte eine Dusche davor vertragen."

„Was, wenn ich nicht dorthin gehen will?"

„Als meine Gefährtin ist das dein Platz."

Wieder diese Aufdringlichkeit. Aber sie bot ihm Paroli. „Ich weiß nicht, ob ich bereit bin, die Gefährtin von irgendjemandem zu sein. Das ist eine große Verpflichtung und viel verrückter Scheiß, um mich in so kurzer Zeit damit auseinanderzusetzen."

„Okay, und wie wäre es, wenn wir dich fürs Erste einfach meine Freundin nennen?"

„Freundin?" Er wollte einfach nicht aufgeben. Und nein, sie konnte der Schmeichelei nicht widerstehen. Zu wissen, dass er kein wirklicher Mensch war, konnte ihre Zuneigung und ihr Interesse an ihm nicht auslöschen.

„Ja, meine Freundin. Und ich werde dein Freund sein. Da du so begierig darauf bist, mich kennenzulernen und das ganze Zeug, werden wir erst einmal daten."

„Wie in ins Kino gehen? Essen gehen? Lange Spaziergänge am Strand?"

„In der Öffentlichkeit rummachen, Händchen halten und die Nacht in einem Durcheinander aus nackten Gliedmaßen verbringen."

„Ich dachte, dass du nicht gerne datest."

„Für dich mache ich eine Ausnahme."

Das Zittern, das durch ihren Körper lief, kam von der Freude, da er ihre weibliche Seite ansprach. „Während dieser Datingperiode darf ich in meiner Wohnung bleiben."

„Manchmal."

„Was meinst du?"

„Einige Nächte verbringen wir in deiner Wohnung, andere in meiner. Ich bestehe darauf, dass wir uns abwechseln. Das ist nur fair."

„Fair? Nichts an dir ist fair."

„Warum?" Er stand endlich nahe genug vor ihr, dass sie die Hitze, die von ihm ausging, praktisch spüren konnte. Sie sehnte sich danach, ihre Hände auf seine glatte Brust zu pressen und sie zu spüren, das Pochen seines Herzens zu spüren, wie es raste, weil sie ihn erregte.

„Weil du wie eine offene Tüte Chips auf dem Tresen bist. Du flehst einen einfach an, an dir zu knabbern."

„Worauf wartest du dann? Fang an zu knabbern, Maus."

„Das sollte ich nicht."

Er zog sie in seine Arme. „Hör auf, dich dagegen zu wehren. Hier gehörst du hin."

Wie recht er hatte. Eine Umarmung. Das war alles, was es brauchte, um ihre Verteidigung schmelzen zu lassen. Na und, dann verwandelte er sich in einen Löwen und konnte einen Mann mit seinen Händen umbringen. Er hatte sich auch großer Gefahr ausgesetzt, um sie zu retten. Er begegnete ihrer Sturheit mit Geduld und Humor. Er ließ sie ihre Schläge austeilen und hatte dann keine Angst, ihr Necken zu erwidern. Und wenn er sie berührte …

Dann stand die Welt in Flammen.

Zumindest tat ihr Körper das. Jedes Nervenende wurde lebendig. Jedes Gefühl wurde durch seine besitzergreifenden Hände verstärkt, als er sie an der Taille packte und an sich zog, um seinen Schaft gegen ihren Unterleib zu drücken und mit seinen Lippen sinnlich über ihre zu streichen.

Ihre Arme legten sich um seinen Hals und sie zog ihn an sich und öffnete ihren Mund für seine Zunge.

Verlangen brannte in ihr und sie hätte winseln können, als er sie neckte, indem er sich an ihr rieb.

Wusste er nicht, dass sie mehr wollte? Sie stöhnte gegen seinen Mund, rieb sich an ihm und erstarrte dann, als eine belustigte Stimme sagte: „Ihr wisst, dass ihr Publikum habt?"

Kapitel 21

Arik hätte Hayder für seine Unterbrechung töten können. Konnte er nicht sehen, dass er mit etwas Wichtigem beschäftigt war?

Er liebkoste Kira nicht nur. Er linderte ihre Angst. Zeigte ihr, dass er, obwohl der Löwe ein Teil von ihm war, immer noch ein Mann war. Ihr Mann.

Aber verstand sein Beta, was er zu tun versuchte? Natürlich nicht. Obwohl Arik Kira losließ, legte er seine Finger um ihre, um sie an seine Seite zu ketten, falls sie sich plötzlich wieder entschließen sollte zu fliehen.

Sie hatte in den letzten Tagen ziemlich viel durchgemacht. Ihre ganze Weltanschauung war verzerrt worden. Es würde etwas dauern und vieler Erklärungen bedürfen, um all die Veränderungen zu akzeptieren und ihn als ihren Gefährten anzunehmen.

Sie gingen zurück, und er war froh zu sehen, dass die Leiche bereits entsorgt war. Niemand würde je Gregorys Leichnam finden. Er hatte Leute, die dafür sorgten.

Obwohl er bemerkte, dass Kira sich umsah, ohne Zweifel, weil sie sich fragte, wohin die Leiche verschwunden war, beschäftigte er sich mit seinen Lakaien, Hayder und Leo.

„Ihr beiden Idioten habt eine Ewigkeit gebraucht, um herzukommen", knurrte er.

„War unser König des Großstadtdschungels nicht in der Lage, sich mit einem kleinen Hündchen auseinanderzusetzen?" Leo zog eine Augenbraue hoch.

„Das ist nicht der Punkt. Was, wenn er nicht alleine gewesen wäre? Was, wenn er bewaffnet gewesen wäre? Der Kerl hatte bereits alle möglichen Gestaltwandler-Gesetze gebrochen. Wer wusste, ob er nicht eine Pistole zu einem Fang-und-Fell-Kampf mitbringen würde?"

„Ups." Hayder klang nicht wirklich so, als wollte er sich entschuldigen.

„Ähm, Entschuldigung, aber bin ich die Einzige, die es komisch findet, dass ihr hier mit Arik plaudert, während er nackt ist?", warf Kira ein.

Ah, das war die Frau, die er liebte. „Kira, das ist mein Beta, Hayder, und der Omega des Rudels, Leo. Sie sind auch Gestaltwandler."

„Das erklärt diese ganze Nacktheitssache nicht."

„Nun, es ist nicht so, dass wir uns angezogen verwandeln."

„Das kann unangenehm werden", fügte Hayder hinzu. „Eine Löwin in einem Tanga ist ein gefährlicher Anblick."

„Gefährlich? Warum?", wagte Kira zu fragen.

„Weil ich wegen des Instagram-Fotos, das ich gemacht habe, von dreien von ihnen attackiert worden bin. Sie haben mich von Kopf bis Fuß enthaart." Hayder schüttelte den Kopf reumütig.

Kira kicherte. „Ich hätte Heißwachs genommen. Das hält länger."

Bevor Kira seinen Kollegen noch mehr Tipps geben

konnte, wie man die Mähne eines Löwen oder das schöne Fell einer Löwin ruinierte, zog Arik sie in Richtung Ausgang. Draußen stand sein Truck mit seinen Klamotten auf dem Fahrersitz.

Er nahm sich die Zeit, eine Hose und Schuhe anzuziehen. Er konnte sehen, wie Kira sich auf die Unterlippe biss und wieder diesen nachdenklichen Gesichtsausdruck hatte. Er musste sie wegbringen ... aber nicht zu seiner Wohnung. Dort wären sie wieder einem Spießrutenlauf durch die vielen Frauen ausgesetzt.

Er fuhr stattdessen zu ihrer Wohnung, was sie überraschte. Es war spät, die Straße war ruhig und die Stille zwischen ihnen gefährlich.

Er wagte es nicht, etwas zu sagen, und zum ersten Mal hielt auch sie ihre Zunge im Zaum, bis sie die Tür zu der Treppe erreichten, die zu ihrer Wohnung führte. Sie blickte auf das Schloss und dann auf ihre leeren Hände. „Ich habe meine Handtasche und meine Schlüssel nicht."

„Gut, dass ich sie in der Gasse gefunden habe." Zusammen mit dieser Nachricht. Er wollte nicht daran denken, was geschehen wäre, wenn Gregorys Stolz ihn nicht dazu veranlasst hätte, sie ihm zu hinterlassen.

Er zog ihre Handtasche aus der Konsole zwischen den Sitzen.

Sie sperrte die Tür auf und drehte sich um. Ihr Mund öffnete sich, wahrscheinlich um zu sprechen, aber er nutzte die Gelegenheit und raubte ihr mit einem Kuss den Atem.

Obwohl sie sich vielleicht nicht sicher über ihn und ihre gemeinsame Zukunft war, wusste ihr leidenschaftliches Wesen, was sie wollte. Es wollte ihn.

Er hob sie hoch und sagte: „Leg deine Beine um meine Taille." Sie gehorchte und kicherte in seinen Mund, als er mit ihr die Treppe hinaufjoggte.

„Ich hätte selbst hochgehen können", sagte sie oben, als sie sich vorlehnte, um den Schlüssel ins Schlüsselloch zu stecken.

Ja, hätte sie, aber er hatte es aus egoistischen Gründen gemacht. Zum einen durfte er sie halten und zum anderen wollte er, dass sie seinetwegen und nicht wegen dieser steilen Treppe keuchte.

Sie schafften es in die Wohnung und dann nicht mehr weiter. Er hatte vorgehabt, eine heiße Dusche mit ihr zu nehmen und den Gestank des Wolfs von ihnen abzuwaschen. Doch da sie alleine waren und sie so begierig und köstlich war, als ihr Mund ihn wild verschlang, vergaß er seinen Plan.

Es gab jetzt nur noch eine Sache, die er brauchte. Sie, und die nächstgelegene Wand.

Er ließ sie herunter, aber nur lange genug, um ihr die Hose und das Top auszuziehen. Seine Hose machte ebenfalls Bekanntschaft mit dem Boden – in einem verknitterten Haufen, den er später bedauern würde.

Da sie nun nackt war, genau wie er sie wollte, hob er sie wieder hoch und legte seine Lippen auf ihre. Ihre Haut rieb samtig weich gegen seine. Die steifen Spitzen ihrer Nippel gruben sich in seine Brust, während ihr feuchtes Zentrum seinen Schaft mit Honig überzog, als er sich zwischen ihren Schenkeln vor- und zurückbewegte und sie beide damit erregte.

„Ich will dich", hauchte sie gegen seinen Mund, wobei sie ihre Hüften kreisen ließ und ein verzweifeltes Geräusch machte.

„Du hast mich", war seine Antwort. Jetzt und für immer.

Er sank in die wunderbare Hitze ihres Geschlechts und genoss, wie die Muskeln ihres Kanals ihn so köstlich packten. Als er sich hinein- und hinausbewegte, überzog ihn ihr Verlangen mit Feuchtigkeit und erleichterte ihm den Zugang.

Er konnte spüren, wie ihr Vergnügen anstieg, als sie sich um ihn verkrampfte, keuchte und ihre Finger in seinen Rücken grub.

Ihn erfasste derselbe Drang und er stieß heftiger in sie, während er sie festhielt und sich endlich erlaubte, wirklich zu glauben, dass sie unversehrt entkommen war.

Er hatte sie wegen seiner Arroganz fast verloren, da er einfach losgestürmt war, um dem Feind gegenüberzutreten, anstatt einen Plan auszuarbeiten. Aber als er die Nachricht gelesen hatte und wusste, dass sie in Gefahr war, hatten sich alle rationalen Gedanken in Luft aufgelöst.

Die Bestie hatte die Führung übernommen und war zu Hilfe geeilt – siegreich. *Rawr*.

Kira war sicher. Seine Gefährtin war in seinen Armen, auf seinem Schwanz und krönte ihn mit ihrem Orgasmus. Sie schrie seinen Namen, als sie kam und von den Wellen des Vergnügens erschüttert wurde, ein Vergnügen, das er teilte. Vielleicht brüllte er, als er kam. Definitiv knabberte er jedoch an ihrem Hals und saugte wieder an der Stelle, wo er sie markiert hatte.

Sie hingen aneinander, zwei Körper mit einem gemeinsamen Schicksal. Einer gemeinsamen Zukunft und …

Einer aufdringlichen Mutter, die an die Tür pochte und schrie: „Arik Theodore Antoine Castiglione, ich weiß, dass du da drin bist."

Kira rief „Hey, Norma, schön, dass du auftauchst", bevor sie die Titelmelodie von *Psycho* summte.

Als seine Mutter vor Wut schrie, lachte Arik. Und lachte. Das Leben in seinem Rudel würde noch chaotischer werden. Er konnte es kaum erwarten.

Epilog

Zu einem Löwenrudel zu gehören, bedurfte etwas Anpassung. Zum einen musste Kira lernen, ohne eine Garantie auf Privatsphäre zu leben. Sie verstand jetzt, warum Arik das Touchscreen-System verwendete, das Fingerabdrücke und Gesichtserkennung nutzte. Aber selbst mit diesen Maßnahmen fand seine Mutter Wege, in ihr Zuhause einzudringen. Oft in den ungünstigsten Augenblicken.

Poch. Poch. Poch.

„Warum kann niemand ein verdammtes Handy benutzen?", brüllte Arik bei einem dieser Augenblicke, als man ihn dabei störte, wie er eine sensible Stelle an ihrem Nacken liebkoste.

Kira brüllte fast ein- oder zweimal mit ihm. Ein menschliches Brüllen natürlich, denn zu ihrer Erleichterung hatte Arik die Wahrheit gesprochen, als er sagte, diese ganze Fellsache wäre nicht ansteckend. Trotzdem war sie nicht beruhigt über die Erwähnung, dass einige ihrer Kinder das Gen in sich tragen würden.

Kinder.

Babys.

Ihh!

Eines Tages würde es passieren. Oder das nahm er in seiner Arroganz zumindest an. Sie hatten über Kinder gesprochen. Er wollte am liebsten gleich einen ganzen Wurf haben. Kira jedoch blieb standhaft und beharrte darauf, dass sie sich Zeit nahmen, einander kennenzulernen.

Aber diese Unterhaltung hatte vor einer ganzen Weile stattgefunden. Ein paar Wochen, nachdem er in ihr Leben getreten war und sie mit seinem Geheimnis schockiert hatte, hatte sich bereits viel verändert.

Zum einen war er nicht der Kontrollfreak, als den sie ihn beschimpft hatte. Naja, das war er, nur nicht auf die Art, die sie anfänglich angenommen hatte. Zum Beispiel war er sehr einnehmend, wenn es um seine Wohnung ging. Arik mochte es, wenn sein Apartment eine gewisse Ordnung hatte, weshalb jeden Tag Putzkräfte auftauchten, um es sauber zu halten. Es war unheimlich, wie gründlich diese waren.

Kira stellte sie gerne auf die Probe, indem sie an den seltsamsten Orten Schmutzflecke hinterließ und dreckiges Geschirr unter das Bett oder in die Badezimmerschränke stellte. Sie knüllte sogar Unterwäsche zusammen und steckte sie zusammen mit anderer dreckiger Wäsche in den Gefrierschrank.

Sauber, abgewaschen und weggeräumt, gereinigt und zusammengefaltet. Es war unnatürlich, wie sie immer alles fanden. War es verrückt anzunehmen, dass Arik Elfen anstatt echter Menschen beschäftigte? Er stritt es ab, aber sie hatte ein Gefühl. Wenn sie diese mysteriöse Putztruppe nur beim Saubermachen erwischen könnte ...

Reinlichkeit war nicht seine einzige liebenswerte

Zwangsneurose. Wie viele Katzen liebte Arik es, Nickerchen zu machen, in der Sonne oder auf dem großen Kissen, das ihr bei ihrem ersten Besuch aufgefallen war. Das Skurrile daran war, dass er als Mann es genoss, das nackt zu tun.

Obwohl es schön war, einen nackten Berg von Mann dabei zu sehen, wie er seine gebräunten Muskeln in der warmen Sonne dehnte, war es ihr beim ersten Mal doch unangenehm, da sie ihre Tante mitgebracht hatte, um ihr zu beweisen, dass Arik ein echter Freund mit einer echten Wohnung war, und dass sie nicht log, um einem Blind Date mit dem vierzigjährigen, alleinstehenden und kahlen Sohn einer Freundin ihrer Tante aus dem Weg zu gehen.

Das „Meine Güte" ihrer Tante kam nicht nur vom Schock und die Farbe auf ihren Wangen nicht nur von der Scham. Arik, dieses ungezogene Kätzchen, grinste einfach, als Kira ihn dafür rügte, ihre Tante traumatisiert zu haben.

Dann malträtierte Kira ihn, dafür, dass er so unglaublich köstlich war. Aber nach diesem nackten Vorfall warf sie immer erst einen Blick in die Wohnung, bevor sie Besucher hineinließ, und ihre Familie hörte mit den Verkupplungsversuchen auf.

Und was war mit ihrer anfänglichen Klage, er würde ihre Freiheit einschränken und dass er sie wegen seiner frauenfeindlichen Art in die Küche sperren würde? Sie erwies sich als unbegründet. Er hatte sie anfänglich wirklich nur eingesperrt, weil er um ihre Sicherheit besorgt war. Da die Gefahr nun aus dem Weg geräumt war, konnte sie kommen und gehen, wie es ihr beliebte. Sie musste nur ein Zugeständnis machen. Wenn sie nicht bei ihm war, musste sie wegen der Stellung ihres Gefährten tolerieren, dass ein Bodyguard ihr folgte, wenn sie das Gebäude verließ.

Das war ein geringer Preis für das Glück, das das Leben mit Arik ihr bescherte. Und außerdem hatte sie Spaß mit den vielen Löwinnen, die er ihr zuteilte – denn wie sich herausstellte, bestand das Rudel hauptsächlich aus Frauen, und sie waren die wahren Jäger.

Ein Räuber lernte das auf die harte Art, als Reba ihn dazu brachte, nach seiner Mutter zu rufen und zu versprechen, Sozialarbeit zu leisten.

Das Leben war anders, aber gut. Wirklich gut.

Ich bin glücklich.

Wirklich und wahrhaftig. Glücklich mit Arik, einem Mann, mit dem sie all ihre Freizeit verbrachte. Einem Mann, bei dem sie jede Nacht schlief. Obwohl sie anfänglich abwechselnd in beiden Wohnungen geschlafen hatten, endete das bald, da sie den Platz, den hauseigenen Koch und die tollste Dusche der Welt in ihrem Apartment vermisste. Der Gedanke, wieder ohne ihn zu wohnen, und wenn auch nur für eine Nacht, gefiel ihr nicht.

Denn ich liebe ihn.

Hm. Ich frage mich, wann es dazu gekommen ist. Sie konnte es nicht auf ein bestimmtes Geschehnis festlegen, aber es war passiert. Sie liebte einen Löwen.

Sie blickte zu ihm hinüber, als er gerade den Aktienmarkt auf seinem Handy verfolgte, wobei er an einem Stück knusprigen Bacon knabberte, und verkündete die bedeutsame Nachricht. „Ich liebe dich."

„Ich weiß", sagte er arrogant.

Sie blinzelte. „Was meinst du damit, dass du das weißt?"

„Wegen des Buchstabens A."

„Was hat A damit zu tun, außer dass es der erste Buchstabe deines Vornamens ist?"

„Weil es für attraktiv steht."

„Und arrogant."

„Wollen wir wieder meine Charakterzüge aufzählen? B steht für beherzt."

Sie lachte. „Wage es nicht, wieder damit anzufangen. Außerdem gibt es nur vier Buchstaben, die mich interessieren."

„Oh?", sagte er, als er sein Handy weglegte und sein Essen ignorierte. „Und die wären?"

„M.E.I.N."

Das einzige Wort, das nötig war, damit er sie auf seinen Schoß zog und ihr einen brennenden Kuss gab.

Ein geflüstertes „Ich liebe dich" vibrierte an seiner Lippe und sein sanft geknurrtes Geständnis schürte nur ihre Leidenschaft.

Und nachdem sie fertig waren und außer Atem kuschelten, wobei sie das Pochen an der Tür ignorierten, hielt sie still und versuchte herauszufinden, was sie hörte.

Es klang unmöglich. Arik war ein Löwe und doch hörte sie es – „Schnurren?"

In der Tat, er schnurrte. *Und wenn ein Löwe schnurrt, folgt das Vergnügen.*

EIN PAAR TAGE SPÄTER ...

Babysitten. Wie unwürdig. Wusste Arik nicht, dass Hayder an einem Samstagabend Besseres zu tun hatte, als auf Jeoffs kleine Schwester aufzupassen? Wichtige Dinge, wie seine edle Mähne zu waschen oder das neueste *Call of Duty* mit seinen Freunden zu spielen.

Aber nein, es war ihm *befohlen* worden – und ja, er machte mental mit den Fingern Anführungszeichen in der Luft –, Jeoff einen Gefallen zu tun und den Bodyguard für so ein Wolfsmädchen zu spielen.

Er klopfte, wartete jedoch nicht auf Antwort, bevor er die Tür öffnete. Da er der Beta des Rudels war, hatte er gewisse Freiheiten, wie etwa Zugang zu allen Wohnungen im Gebäude. Er trat ein und erstarrte.

Buchstäblich und mit gutem Grund, da ihm eine Pistole ins Gesicht gehalten wurde.

Aber die Waffe war nicht das Schockierendste. Es war das besitzergreifende Knurren seines Löwen und die Wahrheit, die ihn verblüffte, als er ihren Duft einatmete.

Mein.

Oh-oh-

Ende von Arik und Kiras Geschichte.
Fortsetzung folgt, **Wenn ein Löwe Brüllt.**

Wenn ein Löwe Schnurrt

www.ingramcontent.com/pod-product-compliance
Lightning Source LLC
LaVergne TN
LVHW041631060526
838200LV00040B/1542